www.mayabooks.co.kr

www.mayabooks.co.kr

갓
오브
블랙필드

갓 오브 블랙필드 ❼

지은이 | MJ STORY 무장
펴낸이 | 권순남
펴낸곳 | (주)마야 · 마루출판사

등록 | 2008. 1. 7(제310-2008-00001호)

초판 2쇄 인쇄 | 2020. 11. 24
초판 2쇄 발행 | 2020. 11. 27

주소 | 서울특별시 노원구 동일로237가길 17, 신영산업 **BD 602호**
대표전화 | 02-2091-0291
팩스 | 02-2091-0290
이메일 | marubooks@mayabooks.co.kr

ISBN | 978-89-280-3314-0(세트) / 978-89-280-5563-0
정가 | 8,000원

잘못된 책은 교환하여 드립니다.
저자와 협의하여 인지를 붙이지 않습니다.

「이 도서의 국립중앙도서관 출판시도서목록(CIP)은 서지정보유통지원시스템 홈페이지(http://seoji.nl.go.kr)와 국가자료공동목록시스템(http://www.nl.go.kr/kolisnet)에서 이용하실 수 있습니다.」
(CIP제어번호:CIP2014037729)

갓 오브 블랙필드 7

MAYA&MARU MODERN FANTASY STORY
MJ STORY 무장 현대 판타지 장편소설

마야&마루

목차

제1장. 빨리 좀 끝나라 …007
제2장. 가서 다 죽여 버리자 …047
제3장. 지금 어디 있나요? …091
제4장. 엉뚱한 전개 …131
제5장. 해 달란 대로 해 주지 …171
제6장. 이제부터다 …209
제7장. 더 꺼낼 게 있어? …245
제8장. 이젠 지겹다! …291

제1장
빨리 좀 끝나라

점심을 먹고도 강유모터스 직원들은 TV 앞에 있었다. 그것만이 아니라 2층 사무실은 아예 문을 걸어 잠그고 방문객까지 받지 않았다.

[이상민 기자? 프랑스 대사와 함께 있던 동양인의 신원이 우리나라의 고등학생이라면서요?]
[네. 오늘 오전에 프랑스 대사와 함께 입장했던 학생은 신묵고등학교 3학년 강찬 학생으로 밝혀졌는데요. 이틀 전에 프랑스 국립대학 전액 장학생으로 초청될 만큼 뛰어난 학생이라고 합니다. 신묵고등학교 교장 선생님 인터뷰를 보시겠습니다.]

화면이 바뀌고, 교장이 나와 책을 읽는 듯한 말투로 '타의 모범'과 '학교의 인재 육성 프로젝트의 성과'라는 말을 늘어놓았다.

 강대경과 유혜숙은 복잡한 표정이었다.

 강찬이 화면에 나온 뒤부터 전화가 시작되더니 점심을 먹고 나서는 기억도 나지 않는 사람까지 전화를 해 댔고, 그때부터 방문객이 몰려들어서 결국은 사무실 문을 잠그게 되었다.

 그런데 이제 교장의 인터뷰까지 나온 거다.

 [강찬 학생의 아버지인 강대경 강유모터스 대표가 공트 자동차의 판매권을 가져오는 과정에서 프랑스 대사에게 강찬 학생을 소개한 것으로 추측되는데, 아직 유라시아 철도에 대표를 넣지 못한 우리나라로서는 향후 국제 세계에 진출할 귀중한 인재를 얻은 것과 같습니다.]

 기자의 말이 끝나기도 전에 강유모터스의 모든 전화가 울려 대기 시작했다.

 [현재 신묵고등학교는 내일까지 모든 수업을 유라시아 철도 행사 중계를 보는 것으로 대체하고 있습니다. 교육부는 교장의 재량에 따라 TV 시청을 결정하도록 하라는 답

을 따로 내놓았습니다. 이상, 현장에서 이상민이었습니다.]

보도가 끝나자 광고가 나왔다.
새로 뽑은 여직원이 조심스럽게 유혜숙에게 다가왔다.
"이사장님, 커피 한 잔 드릴까요?"
"고마워요."
"별말씀을요. 대표님은 어떠세요?"
"나도 부탁할게요."
"네."
여직원이 돌아서는 순간에도 회사의 모든 전화에 영업부 직원이 매달려서 아우성이었고, 닫힌 사무실 문을 두드려 보는 사람들도 있었다.
"당신은 아무래도 재단 사무실 안 가는 게 좋을 것 같지?"
"응, 여보. 여기 있다가 오늘은 조용히 들어갈까 해."
"그러자."
강대경이 고개를 끄덕일 때 전무가 다가왔다.
"대표님, 오늘 쉬프를 주문하겠다는 고객만 모두 천 명이 넘었습니다. 이 추세대로라면 오늘 중으로 500대는 추가될 겁니다."
"전무님, 수량을 못 맞추는 상황에서 주문을 받는 건 도리가 아닙니다. 지금부터라도 주문을 받지 마세요."
"예. 벌써 그렇게 하고 있습니다만, 대기 번호를 달라는 고객까지 막을 수는 없습니다."

전무가 난처한 얼굴로 돌아서자, 강대경은 작게 한숨을 내쉬었다.

이렇게 차를 팔고 싶지는 않았다.

아들을 파는 느낌이었다.

⚜   ⚜   ⚜

대회의실은 중앙에 네 방향으로 설치된 대형 TV를 중심으로, 두 겹의 원을 돌린 것처럼 좌석이 배치되었다.

뒤쪽 줄은 앞쪽보다 대략 50센티미터쯤 높았고, 정보 담당자의 책상마다 마이크와 헤드셋이 설치되어서 발언하는 사람을 TV 모니터 혹은 고개를 돌려 바로 볼 수 있는 구조였다.

책상에 있는 스캐너에 자료를 올려놓으면 TV로 보이게끔 준비되었는데, 누구도 자료를 꺼내는 사람은 없었다.

앞쪽으로 루드비히, 반트, 그리고 라노크의 친구가 있었고, 뒷자리에 앉은 라노크의 좌우로 로리암에서 보았던 두 사람이 자리했다.

강찬과 루이뿐만 아니라 다른 나라의 요원들 모두 각자 정보국 담당자의 좌우를 지키는 모양새여서 분위기가 참 묘했다.

[바실리요.]

바실리가 깍지를 낀 손을 책상에 걸치고 마이크에 얼굴을 가져갔다. 마이크를 통한 쇳소리와 눈빛이 무척 잘 어울렸다.

[설립위원장과 초대운영위원장이 결정되었으니 조직의 구성을 어떻게 할지 결정하고 쉽시다. 부위원장과 운영위원, 이렇게 구성하되 운영위원은 몇 명으로 할지를 먼저 정하는 게 좋겠소.]

그가 말을 마쳤을 때였다.

"바실리."

그와 라노크의 중간쯤 앉은 뚱뚱한 사내가 손을 반쯤 들었다.

"우리 루마니아처럼 철도가 바로 연결되지 않은 나라에서 부위원장과 운영위원이 나와야 하지 않겠소?"

바실리는 망신을 당한 듯한 눈빛이었다.

저 새끼가 왜 저러지?

[루마니아와 우크라이나는 소련의 부설 철도를 이용해. 정보 담당자라면 상황 파악을 현명하게 해야지. 어쭙잖은 일로 유럽에 가스가 끊겨서 되겠어?]

완벽한 협박이어서 분위기가 싸늘하지 변했다.

강찬은 '이 새끼는 왜 지랄이야?' 하는 심정으로 바실리를 보았는데, 그때 바실리의 왼편에 앉은 놈과 시선이 딱 마주쳤다.

  강찬이 피식 웃는 순간, 바실리가 언짢은 표정으로 그를 보았다.

  날카롭게 노려본다고 눈이 빠지는 것도 아니고.

  강찬은 시선을 피하지 않았다.

  [이런 모임이 처음이라 잘 모를 것 같으니까 한 번은 설명해 주지. 가능하면 내 눈을 그런 식으로 보지 않는 게 좋아. 특히 내가 발언하고 있을 때는.]

  라노크를 제외한 모든 시선이 강찬에게 쏠리는 순간이었다.

  이런 거에 머리 굽힐 줄 알았으면 외인부대에서 벌써 엄청난 간부가 됐을 거다.

  "난 당신의 요원이 아냐, 바실리. 그러니까 이래라저래라 하지 마."

  루마니아 대표가 바실리와 강찬을 번갈아 보았다.

  바실리가 뱉은 코웃음이 마이크를 타고 또렷하게 들렸다.

  [라노크, 이런 싸움을 부추겼나?]

  결국, 시선은 바실리가 먼저 돌렸다.

  "강찬 씨는 내 친구다. 그리고 나는 여기 루드비히, 반트를 비롯해 이곳에 있는 모든 사람에게 명령하거나 제지할 권한이 없어, 바실리."

  "기가 막히는군."

상체를 뒤로 넘겨 의자에 몸을 기댄 바실리가 요원을 향해 고개를 돌렸다.

"설립위원장께서 저러시니 할 수 없근."

바실리가 강찬을 슬쩍 보며 말을 이었다.

"러시아가 한발 양보하는 수밖에."

요원 놈이 이를 깨물었는지 볼을 한 번 씰룩했다. 물론 아직까지 강찬을 똑바로 노려본 채였다.

자존심 강한 놈이 엄청나게 인내하는 눈빛.

[라노크, 이렇게 된 이상, 요원들을 내보내고 실무진끼리 이야기하지. 아, 물론 요원은 아니지만 아직은 정식 멤버도 아니니까 강찬 씨도 나가 주었으면 싶다. 그렇게 요청해 주겠나?]

바실리의 프랑스어를 강찬이 모를 리 없었다.

시선을 흘깃 돌렸을 때 라노크는 무척이나 복잡한 표정이었다.

"밖에 있겠습니다."

"고맙습니다, 강찬 씨."

라노크와 강찬이 비슷하게 웃고는 천천히 자리에서 일어났다.

러시아 요원 둘은 이미 자리에서 일어나 입구를 향해 걷고 있었다.

⚜　⚜　⚜

"담배 피우겠습니까? 무슈 강?"

대회의실을 나오자 루이가 바깥을 가리키며 눈짓을 했다.

그걸 왜 사양하겠나?

다른 나라의 요원들도 서넛씩 임시로 마련된 흡연장에 퍼져 있었다.

멀리 러시아 요원 둘이 이쪽을 힐끔거리며 담배를 피우는 게 보였다.

찰각.

"후우."

강찬은 숨을 커다랗게 들이마셨다.

"회의가 5시에 끝나나?"

"그렇습니다. 이후에 대사님은 대통령 만찬에 가십니다."

"다른 사람들은?"

"낮에 식사를 한 곳에서 한국 국가정보원장이 주최하는 만찬이 있습니다."

담배 연기를 길게 뿜어낸 강찬은 라노크의 정체를 물어볼까 하다가 입을 다물었다.

"커피를 주나 봅니다?"

루이가 고개를 돌린 곳에서 제복을 입은 직원들이 테이블을 설치하고 커피를 나눠 주고 있었다.

"드시겠습니까?"

"그러지."

루이가 테이블을 향해 걸어갔다.

깍듯하게 구는 모습이지만, 정해진 선을 벗어나지 않겠다는 것처럼 보였다.

루이가 중형 종이컵 하나를 강찬에게 건네주었다.

"정보국 담당자들은 오늘 밤에 거의 돌아갑니다."

"일정은 내일까지로 되어 있던데?"

"관례처럼 하루를 더 잡습니다. 지금 회의에서 실질적인 결정은 모두 끝나기 때문에 국가정보원장의 만찬이 끝나면 거의 돌아간다고 보는 게 맞습니다."

"저렇게 살면 피곤하겠어."

루이가 어설픈 미소를 지어 보였다.

강찬은 퍼뜩 미쉘이 해 준 이야기가 떠올랐다.

"안느하고는 어때?"

"푸후!"

루이가 화들짝 종이컵을 떼고는 당황한 표정으로 강찬을 보았다.

"뭘 그렇게까지 놀라?"

"그걸 알았단 말입니까? 대사님도 알고 계십니까?"

"모르시는 것 같던데?"

강찬은 풀썩 웃고 말았다.

무슨 맹 진사댁 셋째 딸도 아니고.
 더는 말하기 싫어하는 것 같아서 커피를 한 모금 마실 때였다.
 회의실로 향하는 유리문에서 김형정이 나와 두리번거리는 것이 보였다.
"팀장님!"
 강찬이 손을 들자 김형정이 빠르게 다가왔다.
"무전이 안 돼서 달려왔습니다."
"주파수를 특별한 걸로 바꿨거든요. 이 회의만 끝나면 어차피 합류할 거라 그때 바꾸려고 했지요. 무슨 일이신데요?"
"잠깐만 둘이서 이야기를 했으면 싶습니다."
 김형정의 표정을 본 강찬이 루이에게 양해를 구하고 한쪽으로 움직였다.
"현재까지 폭탄의 반입은 없는 것 같은데 아무래도 호텔이라 마음이 무겁습니다. 바로 위층이 중국인 단체 관광객인 것도 걸리구요."
 대리석으로 만든 화단 앞에 도착한 김형정이 급하게 입을 열었다.
 강찬은 듣기만 했다.
"채널 2번을 돌리시면 저와 석 선생, 그리고 경호팀 모두가 연결됩니다. 사전에 지정해 놓았으니까 연결하시면 되고, 코드명은 석 선생의 의견대로 '갓 오브 블랙필드'로 통일시켜 놓았습니다."

"알겠습니다. 그런데 무슨 걱정 있으세요?"

"강찬 씨의 이야기가 방송에 워낙 크게 퍼졌습니다. 아무래도 한국 대표가 참석하지 않은 상황이라 국민적 관심과 반응이 컸던 모양입니다."

강찬은 절로 인상이 찌푸려졌다.

"그리고 국제빌딩과 국제호텔을 지은 건설사가 서정건설이라는 것이 아무래도 마음에 걸립니다."

"이 건물이요?"

"그렇더군요. 관리는 루투스호텔 운영팀이 합니다."

몽골에서의 활약을 보았기 때문인지 김형정은 세세한 부분까지 모두 전해 줬다. 하기야 그러지 않았다면 석강호를 경호팀에 넣기도 쉽지 않았을 거다.

"팀장님, 그런데 왜 우리나라 대표는 정보 담당 회의에 없는 거죠?"

라노크의 말을 들으며 궁금했던 거다.

"우리나라가 설립 과정에 포함되지 않아서 그렇습니다. 오늘 위원회가 발족하면 다음 회의부터는 당당하게 한자리를 차지하게 될 것입니다. 회의가 끝날 때까지 이곳에 있을 겁니까?"

"예. 라노크와 의리를 지켜 줘야죠."

"알았습니다. 그리고 대통령 경호실장은 몽골의 일을 알고 있습니다. 강찬 씨가 원하는 게 있으면 솔직하게 요구하셔도 됩니다."

"예."

김형정이 바쁘게 돌아가고 나서 강찬은 루이에게 돌아왔다.

눈앞에 긴박한 장면이 있는 것도 아니고, 그저 양복 입고 국제빌딩 한쪽에서 커피 마시고 있는 거다.

솔직히 긴장감이 떨어진다는 것이 맞았다.

"담배 줄까?"

강찬이 꺼낸 담배를 루이가 받았고, 둘이서 불을 붙였다.

'경호라는 게 힘들긴 더럽게 힘들겠어.'

이런 일상 속에서 신경을 곤두세워야 하는 거다.

강찬이 고개를 절레절레 저으며 화단의 대리석에 엉덩이를 기댈 때였다.

"무슈 강, 안느를 어떻게 생각합니까?"

진지한 표정으로 루이가 질문을 던졌다.

"루이, 난 마음에 둔 여자가 있어. 그리고 안느는 안에 꽁꽁 뭉쳐 두었던 슬픔을 그날 사건을 계기로 털어 내기 시작했다고 본다. 그러니까 나에 대한 관심은 그냥 그걸 털어 내는 순간에 기댈 곳이 필요했던 거, 딱 거기까지야."

강찬은 식은 커피를 한 모금 마시고 잔을 옆에 내려놓았다.

"차라리 몽골을 한 번 더 가라면 가지. 이런 짓은 정말 못해 먹겠다."

강찬의 말에 루이가 웃음을 참는 것처럼 억지로 이를 깨물었다.

"나랑 있을 땐 편하게 있자. 대사님 앞에서야 웃는 게 실례가 될지 몰라도 난 아니다."

루이가 어색하게 입술을 움직여 웃고는 강찬의 옆 대리석에 걸터앉았다.

그 새끼, 다리는 정말 길다.

⚜ ⚜ ⚜

양진우는 제2접견실에서 사내 한 명과 마주하고 있었다.

"준비가 모두 끝났습니다. 나가는 대로 언니의 죽음을 비관해서 목을 매단 것으로 처리될 겁니다."

"늙은이도 있다던데?"

"신부전증으로 투석 치료 중입니다. 입원비를 부담하던 언니가 죽어서 금전적으로도 상당히 어렵습니다."

"남는 게 없어야 돼."

"알겠습니다."

"가 봐."

사내가 고개를 꾸벅 숙이고 일어서자 양진우 역시 걸음

을 옮겼다.

제1접견실.

허상수 의원의 보좌관인 곽도영이 커다란 덩치를 세우며 양진우를 맞았다.

"앉지. 어찌 됐어?"

"준비가 모두 끝났습니다."

양진우가 넓은 접견실을 느긋하게 둘러본 다음, 곽도영에게 상체를 기울였다.

"죽 쒀서 개 주는 꼴은 아니겠지?"

"재경부장관은 의장님과 의원님, 그리고 회장님께서 키우다시피 한 분입니다."

"사람 속을 어떻게 알겠나?"

"염려하실 것 없습니다. 어제도 의장님께서 따로 불러 저녁을 같이하셨습니다."

양진우의 표정을 본 곽도영이 얼른 말을 덧붙였다.

"다른 말씀은 전혀 없으셨습니다."

"허어, 조심 또 조심해야지. 당장 조 실장을 봐. 유라시아 철도 발표가 있고 나서 우리의 처지를 단적으로 보여 주지 않나. 지금 정권은 상상하지 못했던 잔인한 짓들을 저지르고 있는 거다. 한국이 중국과 미국의 영향을 벗어나? 이래서 없는 놈들은 안 된다는 거야. 하다못해 학교를 가도 서열이 있는 세상에서."

양진우가 혀를 차다가 다시 상체를 곽도영에게 가져갔다.
"의장님과 의원님은?"
"회관과 개인 사무실에 계십니다."
"외국으로 나간 건 아니고?"
"중국에서 관광객이 들어왔을 뿐입니다. 외국에 나가실 일이 어디 있겠습니까?"
"크, 흐, 흐, 흐."
 양진우가 뚝뚝 끊어지는 것처럼 웃고 난 뒤에 곽도영을 보았다.
"내가 의장님과 허 의원님의 젊은 시절도 보았지만, 자네만큼의 배포는 없었지. 도대체 자네는 어디까지 갈지 정말 궁금하구만."
"저는 시키시는 대로 할 뿐입니다."
"후, 그렇지. 그런 마음가짐이 중요하지. 가진 것만큼 수준이 생기는 법이거든. 조만간 우리 곽 보좌관이 제대로 날개를 펼 수 있는 세상이 열리는 거, 알지? 중국 쪽의 인맥도 절대 놓치지 말고."
"명심하겠습니다, 회장님."
 곽도영이 고개를 숙이며 대답했다.

⚜   ⚜   ⚜

회의는 정확하게 5시 30분에 끝났다.

2시간을 넘게 밖에 있는 동안 김형정이 두 차례 더 다녀갔고, 루이와 이런저런 이야기를 나누며 보냈다.

강찬은 두 가지를 깨달았다.

죽어도 경호원은 하지 않겠다는 것, 그리고 최종일이 더럽게 고생하고 있다는 것.

"강찬 씨, 오래 기다렸습니다. 친구들이 강찬 씨와 인사를 나누고 싶어 합니다."

대회의실을 나온 라노크의 표정은 밝았다.

루드비히를 비롯한 5명이 강찬을 포옹하고 소리만 요란한 키스를 나누었다.

"자주 봅시다, 강찬 씨. 괜찮으면 우리나라에 한번 들러 주십시다."

"나중에 한 번 가죠. 또 뵙겠습니다."

5분가량 인사를 나누고 나자 국가정보원 요원인 듯한 사내가 한쪽에서 대기하고 있었다.

"행운을 빕니다."

숙제 하나를 끝낸 기분이었다.

라노크와 강찬, 그리고 루이는 국가정보원 요원을 따라 국제호텔로 향했다.

"부위원장은 바실리가 하기로 했고, 4명의 운영위원에 루드비히와 반트가 포함되었습니다. 만족스러운 결과였습니다."

내용을 몰라서 그런지 별로 감흥도 일어나지 않았다.

국가정보원 요원을 따라 국제호텔로 향하며 저녁은 또 얼마나 지겨운 시간이 될지 염려됐을 때였다.

"공식 석상에는 대사님과 강찬 씨만 입장하십니다."

입구에 서 있던 직원이 루이를 막아섰다.

솔직히 강찬도 들어가고 싶지 않았다. TV에 자꾸 얼굴을 비춰서 얻을 건 아무것도 없는 거다. 만약 테러를 저지할 일이 생기더라도 만찬 자리에서 함부로 일어서기조차 부담스럽다.

"죄송하지만 저도 밖에 있을까 합니다."

"대통령님께서 직접 초빙하셨습니다. 특별한 사정이 없으시다면 참석을 부탁드립니다."

그런데 직원의 말을 듣고 나니 들어가야 할 것 같았다.

"잠시 검사하겠습니다."

직원이 탐지봉을 드는 것을 요원이 막아섰다.

"두 분은 검사 제외 대상이십니다."

놀란 직원이 컴퓨터를 확인하고는 급하게 사과했다.

"들어가시죠, 대사님."

강찬은 무슨 일인가 하고 바라보던 라노크와 함께 안으로 들어섰다.

"이쪽입니다."

안쪽을 맡은 직원이 다가와서 중앙 앞쪽에 있는 자리로

강찬을 안내했다.

사방에 방송국 카메라가 즐비했고, 앞쪽에 연설대가 놓였다.

강찬은 자리에 앉기 전 같은 테이블에 앉게 된 이들과 가볍게 인사를 나누었다. 날카롭기보다는 엄격한 시선들이 강찬과 라노크를 정중하게 맞았다.

하얀색 테이블보가 깔린 탁자에 각종 잔과 그릇, 그리고 수저가 준비되어 있었다.

라노크가 상체를 기울여 강찬의 귀에 대고 속삭였다.

"이런 자리에서 하는 식사는 나도 제대로 소화되지 않습니다. 하지만 방송에 나가고 있을 테니 조금은 표정을 푸는 게 좋습니다."

"그래서 아까 들어오기 싫다고 했었습니다."

귀를 돌리고 강찬의 말을 들은 라노크가 다시 고개를 돌려 강찬의 귀 가까이에 대고 입을 열었다.

"하마터면 재미없는 식사가 외롭기까지 할 뻔했군요."

강찬이 풀썩 웃자 라노크가 서양 가면 같은 미소를 지었다.

⚜   ⚜   ⚜

[지금 프랑스 대사와 우리나라의 강찬 학생이 무언가 재

미있는 말을 주고받는 것 같습니다만. 내용은 알기 어렵습니다.]

라노크와 강찬이 말을 주고받다가 웃는 모습이 화면에 가득 담겼다.
[아직 대통령이 입장하지 않은 가운데 역사적인 유라시아 철도 설립을 축하하는 만찬장은 흥분과 설렘으로 가득합니다.]

강유모터스는 아래층 전시장 문을 닫기 직전이었고, 전화는 여전히 쏟아지고 있었다.
"대표님은 지금 외근 중이십니다. 메모 남겨 주시면 전달하겠습니다. 예. 예. 예, 알겠습니다."
직원들이 강대경을 찾는 전화를 연신 끊었다.
"여보, 우리 아들, 괜찮겠지?"
"지금 워낙 갑작스러워서 그렇지, 금방 다 잊을 거야. 걱정하지 마."
반나절 만에 얼굴이 쑥 빠진 유혜숙의 등을 강대경이 다독여 주었다. 방송마다 경쟁적으로 강찬에 대해 보도하고 전화가 빗발치는 것을 보자 걱정이 앞섰다.
"여보, 그런데 왜 찬이가 귀에 저런 걸 건 거야?"
"응?"

화면은 다시 만찬장 전체를 보여 주고 있었다.

"못 봤어? 귀에 회색 이어폰을 끼고 있던데?"

"행사에 필요해서 꼈겠지."

강대경은 우선 적당히 덮어 두기로 했다.

⚜　　⚜　　⚜

"대통령께서 입장하십니다."

사회자의 말에 따라 모두 일어나 박수를 치며 문재현 내외를 환영했다.

손을 흔들며 들어선 문재현의 뒤로 2명의 경호원이 입구의 좌우를 지켰다.

문재현이 연설대에 서자 일행은 자리에 앉았다.

"유라시아의 철도 설립을 위해 대한민국을 방문한 여러분을 진심으로 환영합니다."

연설이 시작되자 라노크는 의자 옆에 걸려 있는 이어폰을 귀에 걸었다.

강찬은 가능한 한 편안한 얼굴로 연설을 들었다.

못 알아듣던 수업보다 낫다.

20분쯤 이어진 연설이 끝나자 가장 앞자리로 걸음을 옮긴 문재현이 건배를 제의했다.

건배가 있고, 다시 박수.

한식으로 꾸며진 식사가 시작되었다.

이것만 먹으면 오늘 일정은 끝이다.

⚜   ⚜   ⚜

국제호텔의 503호에 앉은 강찬은 재킷과 타이를 침대 위로 던진 후 셔츠의 목을 풀었다.

"후우! 살 것 같다."

"푸흐흐, 커피 시킬 건데 뜨거운 거요? 차가운 거요?"

"시원한 걸루 시켜 주라."

"팀장님은요?"

"저도 시원한 거 한 잔 부탁합니다."

석강호가 룸서비스에 전화를 하는 동안 강찬과 김형정은 담배를 입에 물었다.

"힘들었나 봅니다."

"말씀도 마세요. 정말 사람이 할 짓이 아니네요."

강찬이 말을 마칠 때, 석강호가 탁자에 와서 담배를 집어 들었다.

찰칵. 찰칵.

"후우, 그래도 무사하게 하루가 넘어간 게 어디요?"

"그건 그렇지."

공식 일정이 모두 끝났고, 각국 담당자들은 자신들의 방에 들었다. 5층부터 7층까지의 입구를 606 대원들이 지키고 있어서 어느 정도는 여유가 있었다.

"느낌은 어떻소?"

"덤덤해."

강찬이 심정을 표현하는 순간 '딩동' 하고 벨이 울렸다.

"룸서비스입니다."

철컥.

권총을 손에 든 석강호가 벽을 타고 걸어가 조심스럽게 문을 열었다.

끼이익.

딱딱하게 굳은 남자 직원이 커피 쟁반을 테이블에 올려주고 도망치듯 방을 빠져나갔다.

"발표는 내일 11시에 있습니다. CNN을 포함해서 전 세계에 생중계될 예정이고, 대통령과 국무총리까지 참석합니다."

"원래 계획에는 라노크가 하기로 되어 있는데요?"

김형정이 얼음이 가득 든 커피를 급히 삼키다가 사레가 들린 것처럼 연신 기침을 쏟아 냈다.

"대답 좀 천천히 하면 뭐 어떻다고 그러슈. 여기 있소."

석강호가 각 티슈에 손을 뻗어 화장지 2장을 뽑아 주었다.

"어헙! 헙! 무척 진하네요."

기침을 연신 한 김형정이 붉은 얼굴로 강찬을 보았다.

"원래 발표는 라노크가 하기로 되어 있다는 말씀을 드렸었어요."

"허흠! 흠! 발표는 흠! 라노크가 하는 게 맞습니다. 대통령과 국무총리는 발표를 축하하는 의미로 참석하는 겁니다."

김형정이 강찬의 눈치를 슬쩍 보았다.

뭐지?

"라노크 대사에게 대통령님의 체면을 세워 달라고 말씀 한번 전해 주시겠습니까? 행사는 유라시아 철도 설립위원회에서 하는 것이지만, 전 세계로 생중계되는 현장이라 그저 서 있기만 하는 건 아무래도 너무 아쉬워서 그렇습니다."

"굳이 그럴 필요가 있나요?"

"말들이 많았습니다. 하지만 참석하는 게 옳다는 의견이 많았고, 그러다 보니 최소한 관람객처럼은 보이지 않았으면 싶다는 바람이 생긴 겁니다."

강찬은 나직하게 숨을 먼저 내쉬었다.

이런 건 정말 아랫사람들이 오버하는 거다.

"난처하신 줄은 압니다. 직접 요청하는 것이 맞는데, 라노크 대사가 업무와 관련해서는 강찬 씨를 대하는 것과 전혀 다른 사람일 정도로 냉정합니다."

라노크가 그런 면은 있다.

"비선을 그렇게 바랐던 것도 같은 맥락입니다. 눈 한 번 깜박이지 않고 거절하거나 냉정한 표정을 보면 저 사람이 과연 감정이 있나 의심할 정도입니다."

그 정도인가?

강찬은 처음 보았던 라노크의 인상이 생각났다.

"내일 오전에 한번 이야기해 보죠."

"고맙습니다."

답을 듣고 10분쯤 더 있다가 김형정은 방을 나갔다.

"대검은 챙겼지?"

"옷장에 여분 하나 뒀소."

"잘했다."

교대로 씻은 후에 트윈 침대에 들어가 잠을 청했다.

아프리카에서 얻은 교훈이다. 작전 중에는 잘 수 있을 때는 일단 푹 자고 본다.

살아나고 나면 생각할 시간은 많다.

⚜ ⚜ ⚜

새벽 5시 30분에 잠이 깬 강찬은 가볍게 몸을 풀고 푸시업을 비롯한 몇 가지 맨손운동을 한 후 샤워를 했다.

오늘을 넘어가면 끝이다.

국제호텔 2층의 그랜드볼룸에서 11시.

몽골 작전과 달리 책임자가 아니어서 마음 편한 구석도 있지만, 반대로 제대로 알지도 못하는 일에 단순히 끼어든 것 같은 갑갑함도 있었다.

밖으로 나오자 석강호가 탁자에서 물을 마시고 있었다.

"푹 잤소?"

"응. 얼른 씻어라."

"알았소."

강찬은 옷을 꺼내 입었다. 세탁도 못한 옷을 또 입는 거다. 이쯤이야 아프리카에 비할 바는 아니다.

석강호가 나와서 옷을 갈아입고 있을 때 김형정이 벨을 눌렀다. 석강호가 문을 열었는데, 김형정은 낯선 남자와 함께 들어서고 있었다.

"강찬 씨, 대통령 경호실 전대극 실장님이십니다."

"전대극입니다."

전대극이 손을 뻗었다.

군살 없는 광대, 날카로운 눈빛, 그리고 장교를 연상케 하는 기름 바른 머리.

"강찬입니다."

"너무 일찍 찾아왔습니다. 꼭 보고 싶은 것도 있고, 오늘 행사를 앞두고 얼굴을 익혀 놓고 싶기도 했습니다."

이미 안면이 있는 모양으로 전대극은 석강호에게 가볍게

눈인사를 했다.

"괜찮으면 여기서 아침을 같이하고 싶은데 어떻습니까?"

"그러시죠. 전 상관없습니다."

강찬이 말을 하자 김형정이 문을 열고, 고갯짓을 했다.

드르르르르르.

바퀴 달린 기다란 상자를 끌고 들어온 직원이 위를 펼치자 사각 식탁이 완성되었고, 아래에서 토스트와 베이컨, 계란 등이 담긴 접시가 4개 올라왔다.

커피와 물, 주스도 있었다.

식사가 시작되었다.

전대극은 초면임에도 거침없이 식사를 했다.

거절할 사람이 누가 있겠나.

거짓말처럼 수북하던 접시 4개가 5분 만에 깨끗해졌다.

"강찬 씨, 담배 하지요?"

"예."

"다행입니다. 얼른 하나 피우고 가면 되겠습니다."

김형정이 담배를 꺼냈고, 석강호가 모터로 움직이는 창을 최대한 열었다.

담배를 들고 커피를 한 모금 마신 전대극이 강찬을 똑바로 보았다.

"특수여단만 빙빙 돌다가 경호실에 들어왔습니다."

뜻밖에도 전대극은 담배를 바로 껐다.

"지난번 몽골 작전 이야기는 들었습니다. 정부의 공식 입장은 그런 사실이 없는 거고, 내 개인 입장으론 대한민국 특수대원들을 대표해 감사를 표합니다."

머쓱한 칭찬이라 강찬은 멋쩍게 웃기만 했다.

"내가 부러운 건 프랑스 외인부대 특수팀의 실력이 아니라 강찬 씨의 요구를 받아들인 프랑스 정보국의 정보력과 유연함입니다. 혹시 앞으로 그런 종류도 문제가 생기고, 강찬 씨가 반드시 움직여야 할 일이 있다면 내게 가장 먼저 전화를 부탁합니다."

김형정은 이런 말이 나올 줄은 몰랐던 얼굴이다.

"여기 김형정 팀장이나 유비캅의 김태진이, 다 나보다 두 기수 아랩니다. 이 사람들이 못 들어주는 것이 있다면 내가 나서겠습니다. 이건 대한민국 특수팀의 체면을 세워 준 데 대한 감사의 뜻이기도 합니다."

강찬이 풀썩 웃음을 터트리자 전대극이 시원한 미소를 보였다.

"실장님, 담배 안 하시죠?"

"끊은 지 10년쯤 됐소. 아무래도 높은 분을 근접 경호하다 보니 냄새에 신경 쓸 수밖에 없고, 담배 피우러 자리를 비우기도 그렇고. 그냥 딱 끊었습니다."

이 사람 괜찮다.

특히 나이 먹어도 활활 살아 있는 눈빛이 좋았다.

"원장이 전화하더니 강찬 씨가 경호상에 원하는 바를 적극 수용해 달라고 하더군요. 원래 내 성격이라면 딱 잘라서 거절했겠지만, 강찬 씨는 받아들였고 잘했다는 생각을 했습니다. 식사하는 모습이 군인이더군. 그것도 야전 생활을 많이 거친. 프랑스는 일찍 알았고, 우리 정보원은 늦게 안 사실이겠지요. 오늘 잘 부탁합니다."

전대극이 벌떡 일어나더니 손을 내밀었다.

정신이 쏙 빠질 만큼 밀어붙이는 스타일이었는데 나빠 보이지 않았다. 적어도 자신이 편하게 담배 피우라고 끊었던 담배를 입에 무는 배려를 갖춘 사람이다.

강찬이 손을 마주 잡은 순간이다.

"자주 봅시다."

"알겠습니다."

전대극이 야릇한 미소를 보인 다음, 석강호와 악수를 나눴다.

"김 팀장은 더 있다 올 거지?"

"그렇게 하겠습니다."

두 사람이 방을 나선 직후였다.

"오랜만에 살아 있는 눈을 봤다. 절대로 프랑스 같은 나라에 뺏기면 안 돼."

"알겠습니다."

복도 밖에서 들린 대화에 강찬과 석강호가 풀썩 웃고 말았다.

김형정이 쩔쩔매고 있는 듯한 느낌 때문이었다.

"푸호호호호!"

결국, 김형정이 들어서는 순간에 석강호가 웃음을 터트렸다. 문을 닫은 김형정은 고개를 절레절레 저으며 간이 식탁에 다시 앉았다.

한바탕 폭풍이 휘몰아치고 지나간 느낌이었다.

"저 양반, 저래도 대원들이 가장 작전 같이하고 싶어 하는 지휘관입니다."

김형정이 편안한 얼굴로 담뱃불을 붙이면서 말을 이었다.

"국가정보원에서 자료를 받았고, 몽골 작전에 대한 첩보를 입수한 이후로 몇 번이나 강찬 씨를 간나 봐야겠다고 벼르고 있었습니다. 김태진 그 친구가 유일하게 반항 못하는 분이기도 합니다."

복도에서의 대화를 변명하는 것처럼 떠들어서 강찬과 석강호는 다시 웃음을 터트렸다.

"강찬 씨를 프랑스 정보총국에서 관리한다는 정보가 있어서 신경이 날카롭습니다. 우리도 인재가 나오면 인정하고 키워야 발전이 있다, 그걸 가장 강하게 주장하는 분이기도 합니다."

웃음이 터졌던 분위기가 어느 정도 가라앉았다.

"발표회는 외신 기자가 모두 참석합니다. 그랜드볼룸 내부는 경호실이, 외부 2선은 우리 국가정보원 특수팀, 그리고 외곽 및 3선 경비는 606이 맡기로 했습니다."

업무로 이야기가 돌아가자 분위기가 달라졌다.

"저는 밖에서 지원합니다. 강찬 씨는 내빈석에 라노크 대사 옆자리를 지정해 두었고, 석 선생은 내빈석 뒤쪽입니다. 그럼 전 이만 가 보겠습니다. 오늘 개운하게 끝내고 술 한잔하지요."

김형정이 방을 나가자 강찬과 석강호는 무기를 챙겼다.

"오늘은 느낌이 어떻소?"

"글쎄, 그냥 좀 갑갑해. 그리고 자꾸 그렇게 물어보지 마라. 내가 무슨 점쟁이도 아니고."

"그걸로 살아난 게 한두 번이 아니니까 나도 모르게 자꾸 묻게 되나 보우."

마지막으로 오른쪽 발목에 대검을 차고, 무전기의 이어폰을 귀에 걸었다.

재킷을 입자 이상하게 커다란 한숨이 나왔다.

발표회만 끝나면 된다.

경비 철저하고, 전대극 같은 경호 책임자 있고, 606 특수팀이 대기하는 장소다. 아무리 세계의 경제 판도를 바꿀 엄청난 사건이라고 해도 테러를 저지르기는 어려운 상황이었다.

강찬은 석강호가 무기를 챙기는 것을 보았다. 어딘지 어울리지 않는 옷을 입는 느낌이었다.

"이따 보자."

"그럽시다."

말을 마치고 강찬은 방을 나섰다.

오전 9시경이었다.

⚜   ⚜   ⚜

라노크의 방은 강찬의 방보다 3배쯤 넓었다.

함께 투숙했던 각국 담당자와 늦은 밤까지 연달아 면담이 있었다고 들었는데, 라노크는 피곤한 기색을 보이지 않았다.

"강찬 씨, 기분은 어떻습니까?"

"오늘은 별로입니다. 대사님은 어떠세요?"

"나도 그렇군요. 홍차와 시가가 필요한 모양입니다."

보좌관이 탁자에 홍차를 준비해 주는 동안 라노크가 시가를 입에 물고 불을 붙였다.

"발표만 남았군요."

"그렇습니다, 대사님."

강찬은 마신 홍차 잔을 내려놓으며 커다랗게 숨을 내쉬었다. 가슴이 빽빽할 정도로 숨이 쉬어지지 않았다.

"대사님."

"말씀하세요, 강찬 씨."

라노크가 의아한 표정으로 강찬을 보았다.

"느낌이 예사롭지 않습니다. 다른 사람은 몰라도 대사님은 믿어 주실 것 같아서 말씀드립니다. 혹시 제가 무리한 부탁을 해도 오늘만큼은 제 뜻에 따라 주셨으면 합니다."

믿기 어렵겠지만, 적어도 라노크만큼은 알고 있어야 한다고 믿었다.

"알았습니다."

잠시 강찬을 바라보던 라노크의 답이었다.

"혹시 표정이 평소와 다른 것이 그것 때문인가요?"

"눈이 좀 번들거렸습니까?"

"나에게 언짢은 일이 있었나 했습니다."

라노크가 가면 같은 미소로 한 대답이었다.

"전에도 이랬습니다. 적의 매복, 기습, 혹은 예상하지 못했던 위험이 닥칠 때 꼭 이렇게 느낌이 좋지 않았습니다. 꼭 맞지는 않더라도 이런 순간에 더 조심해서 나쁠 것은 없었습니다."

"신기한 일이군요."

이것도 설명이 안 되는 일이긴 마찬가지다.

"참, 대사님, 오늘 대통령과 국무총리께서 참석할 예정이랍니다. 그래서."

라노크의 표정이 일순간에 바뀌는 바람에 강찬은 말을

잇지 못했다.

　문재현과 고건우가 참석하겠다는 것이 이 구렁이를 이렇게까지 놀라게 할 일인가?

"강찬 씨, 지금 대통령과 국무총리가 참석한다고 했습니까?"

"예. 분명히 그렇게 들었고, 오늘 발표하시기 전에 대통령의 체면을 세워 주시길 부탁한다는 말이 있었습니다."

"후우- 우!"

　라노크가 커다랗게 한숨을 내쉬었다.

"왜 그러시는데요, 대사님?"

"내가 이 발표회를 주재하면서 어제 대통령 만찬에 국무총리를 참석하지 않게 해 달라고 요청하고, 오늘 발표회장에 국무총리만 초대한 것은 한국의 규정 때문이었습니다."

　강찬은 라노크의 말뜻을 짐작하지 못했다.

"강찬 씨, 유라시아 철도는 향후 몇백 년간의 세계 경제사를 뒤흔들 일입니다. 만약 프랑스가 이 계획에 빠졌다면 나는 외인부대가 전멸하는 한이 있어도 테러를 저질렀을 겁니다."

　이런 비슷한 말을 김형정도 했었다.

"한국은 대통령 유고 시 국무총리, 그리고 국무총리가 업무를 볼 수 없으면 다음은 재정경제부 장관으로 권한이 이양됩니다."

이런 건 생각지도 못했던 일이다.

"한국의 재정경제부 장관 이민우는 허하수 국회의장과 우양전우가 키워 내다시피 한 인물입니다. 이번 정권에서 의석수가 부족해 법안을 통과시키는 대신 넘겨준 장관 자리입니다."

"그렇다면 이곳에서 C4가 폭발할 경우……?"

"다음 대통령이 선출될 때까지 허하수와 우양전우의 뜻대로 정부를 운영할 수 있습니다. 왜 이렇게 즉흥적으로 움직였는지 모르겠군요. 이런 일 때문에 본국 정보총국에서 은밀하게 정보를 흘려주기까지 했는데."

기가 막힌 일이다.

"허하수가 국회의장이다 보니 분명 대통령과 국무총리가 참석할 수밖에 없도록 모종의 조건을 걸었을 겁니다. 당장은 국가정보원 원장과 국무총리의 교체를 주장하던 야권이 입을 다물겠다는 것 정도가 되겠군요. 현 대통령이 자기 사람을 얼마나 아끼는지 알 테니까요."

강찬은 이해 가지 않는 것이 있었다.

"대사님, 이 일이 잘못되면 허하수와 양진우는 살아남기 어렵습니다. 그 사람들이 목숨을 걸 만큼 절박할까요?"

"우양전우는 미국 국적자입니다. 거기에 중국과 일본이 허하수와 우양전우를 버리지는 않을 겁니다. 그렇게 되면 한국 정부는 증거를 찾기 어렵습니다. 강찬 씨가 몽골 작전을 지휘한 것을 알지만, 대놓고 항의할 증거가 전혀 없는 것과 같지요."

라노크의 눈 끝에 당황한 기색이 살짝 달려 있었다.

"강찬 씨가 오늘 이 회담을 무조건 저지해야 하는 임무를 맡았다면 어쩌겠습니까? 죽음을 각오하고 달려든다면 과연 이 회담이 정상적으로 이루어지겠습니까?"

정말 그렇다면 어떨까?

"한국으로 장소를 정한 것은 한국이 무기를 구하기 어려운 상황이고, 두 번째로 대통령과 국무총리의 뜻이 같은 이유도 있었습니다. 국무총리 고건우라면 대통령의 유고 시에도 유라시아 철도를 지지할 테니까요."

강찬은 긴 숨을 털어 낸 다음 담배를 들고 불을 붙였다.

"지금 취소하긴 어렵습니다."

라노크가 굳은 얼굴로 덧붙인 말이었다.

"지금 해 주신 말씀을 경호실이나 국가정보원에 전해도 될까요?"

"상관없습니다. 회의가 진행되기 전에 최대한 조심하는 것이 오히려 좋지요."

벌써 9시 40분이다.

라노크의 말에 강찬은 바로 무전기를 눌렀다.

치잇.

[김형정 팀장님, 강찬입니다.]

강찬이 담배를 끄는 순간에 답이 들어왔다.

치잇.

[김형정입니다.]

치잇.

[급한 일입니다. 서둘러서 만나는 게 좋습니다. 지금 라노크 대사님 방에 있습니다.]

치잇.

[바로 가겠습니다. 10분이면 됩니다.]

치잇.

[더 서둘러 주세요. 1분이라도 줄여야 합니다.]

김형정이 알겠다는 답을 하고 나자 강찬은 다시 무전기 버튼을 눌렀다.

치잇.

[전 실장님, 강찬입니다. 무전 들으셨을 텐데 같이 뵐 수 있겠습니까?]

치잇.

[알았습니다.]

강찬이 소매의 마이크를 내려놓자 라노크가 '방으로 들어오라고 해도 됩니다.'라며 뜻을 전했다.

⚜ ⚜ ⚜

라노크와 정식으로 인사를 마친 전대극과 김형정은 강찬의 설명을 듣고 낯빛을 굳혔다.

라노크가 직접 앉은 자리이고, 중간에 통역을 하며 그의 의견을 더하자 의심할 나위가 없다고 여기는 모양이었다.

"두 분의 참석을 취소하실 수 있나요?"

"이런 이유로는 곤란합니다. 아마 대사도 참석한다고 할 겁니다. 어떤 행사든 정황만 가지고 참석하지 않으면 VIP가 참석할 수 있는 행사는 없습니다."

강찬이 말을 전하자 라노크도 그 부분에서는 같은 생각임을 밝혔다.

"일단 우린 일어서겠습니다. 기자들을 뒤로 좀 더 물리고 공간을 확보한 다음, 다른 방법이 없나를 살피겠습니다. 이미 10시가 넘어서 이것만 해도 시간이 많이 부족합니다. 나머지 사항들은 무전으로 연락하도록 하겠습니다."

전대극과 김형정이 먼저 나가자 라노크가 가면 같은 얼굴로 강찬을 보았다.

"이 정도만 해도 반은 막은 것과 같습니다, 강찬 씨."

강찬이 피식 웃자 라노크가 홍차를 더 따라 주었다.

"이미 주사위는 던져졌습니다. 몽골에서 한 대 맞았으니 중국이 독하게 달려들 것입니다. 이번엔 우리가 막아 봐야지요."

"대사님은 두렵지 않으십니까?"

진심으로 궁금해서 던진 질문이었다.

"우리의 삶이 이렇습니다. 이런 공포와 긴장을 이기지 못해서 그만두는 사람들이 많지요. 죽음을 두려워하면 얻을 수 있는 것은 아무것도 없습니다."

라노크가 반쯤 남은 시가를 재떨이에 꾹 눌렀다.

"전투에 나가기 전에 두려웠던 적이 있습니까?"

"그런 생각은 못해 봤습니다."

강찬의 답을 들은 라노크는 고개를 끄덕이며 입을 열었다.

"오늘 나는 전투에 나서는 것입니다, 강찬 씨."

그의 말에 강찬 역시 고개를 끄덕일 수밖에 없었다.

제2장

가서 다 죽여 버리자

오전 10시 15분.

이제는 행사장으로 나갈 시간이었다.

두근두근. 두근두근.

강찬의 본능이 위험하다고 알려 주기 시작했다.

"눈빛이 또 변하는군요. 지난번 골프장에서도 이런 식으로 먼저 알 수 있었던 건가요?"

"예. 그때도 분명 이런 느낌이 들었었습니다."

"강찬 씨."

라노크가 강한 눈빛으로 강찬을 불렀다.

"최선을 다했으니 어떤 결과가 나오더라도 겸허하게 받아들입시다. 그래도 강찬 씨와 함께 행사장에 나갈 수 있어

가서 다 죽여 버리자 • 49

서 다행이라 생각합니다."

라노크도 이런 각오로 살아가는 거다.

부인은 총에 맞아 죽고, 딸은 다리를 다쳤는데도 매번 이런 행사를 나가야 하는 삶이다.

강찬은 피식 웃은 다음 숨을 커다랗게 들이마셨다.

"가시죠. 오늘 멋진 남자를 봤습니다."

"경호실장을 말씀하는 거겠군요."

"예. 든든한 아군이 있으니 한번 붙어 볼 만합니다. 이런 자리에 대사님이 계신 게 커다란 행운입니다."

강찬의 말에 라노크가 가면 같은 미소를 활짝 피웠다.

"자!"

라노크가 자리에서 일어서자 요원들과 보좌관이 대기실에 나왔다.

"우리의 전쟁을 시작해 봅시다."

"그러시죠."

서양 놈들이 이런 표현 하나는 멋지게 한다.

요원 둘이 문을 열고 복도를 살폈다. 루이, 강찬의 순서로 방을 나서고 라노크가 뒤를 따랐다.

두근두근. 두근두근.

날이 날카롭게 섰다.

루이가 강찬의 눈짓에 빠르게 움직이자 다른 요원들이 긴장한 채로 복도와 엘리베이터 앞을 점검했다.

606 대원이 복도 끝과 엘리베이터 앞에 있었다.

5층이다.

때앵.

엘리베이터가 열렸고, 루이가 먼저 타고 강찬과 라노크가 올랐다.

2층을 누르자 문이 닫히고 엘리베이터가 움직였다.

묘한 긴장감이 엘리베이터 안을 짓눌렀다.

4… 3… 2… 때앵.

문이 열리자 엄청난 플래시와 셔터 소리, 그리고 눈부신 조명이 라노크와 강찬에게 쏟아졌다.

⚜ ⚜ ⚜

[드디어 오늘의 역사적인 발표를 위해 유라시아 철도의 설립위원장이자 초대운영위원장인 라노크 벨몽드 빠르디유 프랑스 대사가 모습을 드러냈습니다. 그 옆에 지금까지 행사를 함께했던 신묵고등학교 강찬 학성의 모습도 보입니다. 기특하고 자랑스럽게 전혀 위축되지 않은 모습입니다. 국민 여러분! 역사적인 순간입니다. 앞으로 수 세기를 이끌어갈 세계 경제의 주역으로 한국이 당당히 자리매김하는 순간을 중계해 드릴 수 있어 영광입니다.]

"와아- 아!"

신묵고등학교의 유리창이 흔들릴 만큼 엄청난 함성이 울려 나왔다. 아나운서의 흥분한 외침이 부추기고 있어서 아이들뿐만 아니라 선생들도 두 손을 꽉 잡은 채 얼굴이 붉게 변해 있었다.

⚜ ⚜ ⚜

빰빠바바, 빰빠바바, 빰빠라바빠.

군악대가 라노크의 입장과 동시에 아리랑을 절도 있게 연주했고, 미리 참석해 있던 각국의 대표들이 모두 자리에서 일어나 박수로 라노크와 강찬을 맞이했다.

강찬은 빠르게 주변을 살폈다.

라노크의 동선에 따라 경호원들이 위치를 수정하는 것이 보였다.

지금 움직이는 5명이 라노크의 담당이다.

2층은 넓었다.

엘리베이터에서 내려 그랜드볼룸까지의 거리가 충분히 20미터가 넘었다.

하나, 둘, 셋, 넷, 다섯.

강찬은 본능적으로 거리를 쟀다.

후욱. 후욱. 후욱. 후욱.

숨소리다.

숨소리가 들린다는 건, 그만큼 긴장했다는 의미도 된다.

차차차차차착. 찰칵. 찰칵. 차차차차차착.

셔터 소리와 플래시가 라노크를 따라 연신 터져 나왔다.

"비켜 봐!"

"밀지 말고!"

"앞에 좀 숙여!"

접이식 사다리 위에 올라간 기자들과 그 앞을 막아선 기자들이 드잡이하는 사이에서 요원들이 길을 만들었다.

그랜드볼룸은 문을 완전히 개방해 놓았다.

양 끝에 10미터씩 나온 벽이 아니라면 2층 전체가 한 공간처럼 보일 지경이었다.

강찬은 오른쪽 벽 안쪽에 서 있는 석강호와 시선이 마주쳤다.

눈 깜짝할 사이다. 그런데도 석강호의 표정을 읽었다. 강찬의 눈빛에 놀란 얼굴이었다.

요원 한 명이 가장 앞자리 중앙으로 라노크를 안내하고 강찬에게 그 옆자리를 가리켰다.

라노크가 손을 들고 서양 가면의 미소를 한껏 지으며 주변을 향해 상체를 좌우로 움직였다.

앉은 자리의 정면에 연단이 있고, 석강호가 서 있는 쪽에 사회자인 듯한 남녀가 작은 단상 앞에 서서 빠르게 원고를 확인하고 있었다.

두근두근. 두근두근.

나가. 여기서 나가. 제발 이곳에서 나가.

강찬의 심장이 악을 쓰는 것처럼 뛰었다.

빠르게 주변을 훑던 강찬의 눈에 라노크의 얼굴이 들어왔다.

그래, 이왕 싸우는 싸움이라면 멋지게 붙어 주지.

피식.

강찬은 각오를 다졌다.

⚜ ⚜ ⚜

"어머! 어떡해! 어떡해! 나 대표님 저 웃음 꿈에서도 나와!"

강찬의 웃는 모습이 화면에 가득 잡혔다.

11시 발표로 행사가 모두 끝난다.

대한민국의 업무가 중단됐을 정도로 대부분의 사람들이 TV 앞에 있었고, 디아이도 예외는 아니었다.

오전 촬영을 접고, 미쉘부터 경리 최유진까지 모든 직원이 TV 화면을 지켜보는 중이었다.

[오늘 행사에 특별히 문재현 대통령과 고건우 국무총리

가 참석하기로 했고, 잠시 후 도착 예정입니다. 대통령과 정부가 유라시아 철도를 이끌어 냈다던 강찬 학생과 같은 다음 세대가 대한민국을 세계에 우뚝 세울 것이라 확신합니다. 국민 여러분! 오늘은 대한민국의 역사에 길이 남을 하루가 될 것이고, 여러분 모두 그 현장을 직접 보고 계십니다.]

⚜   ⚜   ⚜

[지금 대통령과 국무총리가 입장하십니다.]
 남자 사회자가 한국말로 말하자, 여자 사회자가 빠르게 영어와 불어로 통역했다.
 빰빠바바, 빰빠바바, 빰빠라바빠.
 또다시 군악대가 아리랑을 연주하는 가운데 문재현과 고건우가 계단을 올라왔다.
 각국 대표단이 모두 일어서 박수를 치는 동안 강찬은 빠르게 주변을 살폈다.
 플래시, 셔터 소리, 외국 기자들이 각자의 카메라 앞에서 떠드는 말소리. 그야말로 아수라장이 따로 없었다.
 전대극이 강찬과 마찬가지로 주변을 빠르게 훑다가 강찬과 시선이 마주쳤다.
 긴장한 얼굴이었다.

눈빛이 번들거려서 누구라도 앞을 막으면 당장 총을 쏠 것처럼 독이 잔뜩 올라 있었다.

두근두근. 두근두근.

심장이 얼마나 빠르게 뛰는지 아침에 아파트를 달리고 있나 싶을 정도였다.

후욱. 후욱. 후욱. 후욱.

강찬은 호흡을 들었다.

군악대의 소리, 카메라, 기자, 박수 소리가 아득하게 멀어지고 모든 것이 천천히 흘러가는 것처럼 느껴졌다.

완벽한 전투 모드다.

이런 상태라면 누구와 마주치든 자신 있다.

후욱. 후욱. 후욱. 후욱.

주변을 다시 살폈다.

왼쪽에서 오른쪽, 가까이에서 멀리.

사회자, 요원, 오른쪽 끝에 앉은 유럽 담당자.

다시 단상, 그랜드볼룸 경계, 기자, 그리고 저 멀리 배치된 국정원 특수팀 요원.

그리고 다시 시선을 가져올 때, 라노크의 새끼손가락이 잘게 떨리는 것을 보았다.

가면을 뒤집어쓴 것처럼 웃고 있고, 주변을 오만한 눈으로 보고 있지만, 새끼손가락이 떨리는 것은 누르지 못한 거다.

그 역시 전투에 나선 거라는 말이 떠올랐다.

문재현과 고건우가 라노크의 왼편 자리에 도착했다.

라노크의 바로 왼편에 선 문재현이 그와 악수를 나눴는데, 문재현은 뜻밖에도 강찬에게도 손을 내밀었다.

강찬은 정중하게 문재현의 손을 잡았다.

⚜   ⚜   ⚜

[유라시아 철도의 초대운영위원장 앞에서 대한민국의 현재와 미래가 악수를 나누고 있습니다. 대한민국은 이렇게 발전해 나갈 것입니다. 앞으로 펼쳐질 대한민국의 발전을 암시하는 역사적인 장면입니다.]

덜덜덜 떨고 있는 유혜숙의 손을 강대경이 꼭 잡아 주었다.

왜 그런지 모르지만 유혜숙은 악몽을 꾸었고, TV 앞에 앉은 순간부터 떨기 시작했으며 강찬ㅇ 화면에 나올 때마다 떨림이 심해지곤 했다.

강대경은 아예 한쪽 팔을 뻗어 유혜숙의 어깨를 안아 주었다.

오늘은 출근을 하지 않았다.

전화기는 무음, 아파트 문은 닫아 놓았고, 집 전화는 아예 코드까지 뽑아 버렸다.

"괜찮아. 찬이가 저렇게 잘하고 있는데 당신이 믿고 봐줘야지. 괜찮아. 이제 몇 시간이면 끝날 텐데 왜 그래?"

"여보, 안 그러려고 하는데."

파리하게 질린 얼굴로 유혜숙이 강대경의 손을 꼭 쥐었다.

"우리 찬이는 높은 자리 가면 안 되겠다."

쥐어짠 듯한 농담을 던진 강대경의 눈빛도 흔들리고 있었지만, 유혜숙은 그것을 알아차리지 못했다.

"잘할 거야. 괜찮아. 괜찮을 거야."

강대경이 스스로에게 말하는 것처럼 중얼거렸다.

괜찮냐고? 괜찮아야 한다고 당부하던 강찬의 눈빛을 떠올리며 강대경은 자꾸만 괜찮다는 말을 되뇌었다.

화면에서 강찬은 고건우와 악수를 나눈 후에 자리에 앉고 있었다.

⚜ ⚜ ⚜

[역사적인 자리에 오신 여러분을 환영합니다.]

[레이디슨, 젠틀맨.]

차차작. 차차차차작. 찰칵. 찰칵. 차자작.

남녀 아나운서가 교대로 멘트를 주고받으며 식이 시작

되었다.

 강찬은 그사이 두 번쯤 석강호와 시선을 마주쳤고, 전대극과는 분명하게 뜻을 교환했다.

 야전 생활, 전투를 치러 본 사람끼리 통할 수 있는 눈빛. 생사를 가를 긴장된 순간을 함께하는 사람만이 나눌 수 있는 시선이었다.

 '믿는다. 원하는 대로 해라.'

 든든하긴 했다. 하지만 저런 믿음이 사고를 막아 주지는 못한다.

 [유라시아 철도의 발표식을 거행하겠습니다.]

 사회자의 멘트에 따라 다시금 요란한 연주와 박수 소리, 카메라 셔터 소리가 터져 나왔다.

 "역사적인 유라시아 철도의 설립 발표에 앞서 라노크 벨몽드 빠르디유 설립위원장의 축사가 있겠습니다."

 여자 사회자의 번역이 있는 동안 라노크가 자리에서 일어나 문재현과 눈인사를 하고 다시 강찬에게 고개를 돌렸다.

 가면을 뒤집어쓴 듯한 미소 속에서 번득이는 눈빛이 강찬에게 말을 걸고 있었다.

 '우리의 전쟁에서 승리하리라 믿습니다. 만약, 우리가 진다면 안느를 부탁합니다.'

 너만이라도 반드시 살아 나가란 의미다.

 너는 그럴 능력이 있지 않느냐는 뜻이다.

피식.

가면의 미소를 강찬은 특유의 웃음으로 받았다.

"대사님."

강찬은 자리에서 일어나 입을 열었다.

죽음을 각오한 것은 좋지 않다. 끝까지 살아남겠다는 의지가 중요한 거다.

"제 코드명이 뭔지 아십니까?"

차차차차차차작. 차차차차차차작. 차자작. 차자자작.

"갓 오브 블랙필드죠."

대통령과 국무총리, 그리고 수많은 카메라, 어쩌면 방송국의 카메라 너머로 셀 수도 없이 많은 사람들이 지켜보는 앞에서 고등학생이 유라시아 철도 설립위원장의 손을 잡고 시간을 끌고 있었다.

"그건 적이 만들어 준 겁니다. '죽음을 선사하는 아프리카의 신'이라는 뜻입니다. 오늘 전쟁에서 제가 이길 겁니다. 그러니까 안느는 직접 보살피십시오."

라노크의 가면 안에서 솔직한 미소가 떠올랐다가 그보다 더 빠르게 사라졌다.

'내 눈빛을 읽었습니까?'

'그럼요.'

이런 건 말이 필요 없다.

라노크와 강찬이 동시에 풀썩 웃었다.

"좋습니다. 적들을 혼란스럽게 할 필요가 있겠군요."
"뒤에 제가 있으니까요."

⚜ ⚜ ⚜

[놀라운 일입니다. 한국의 고등학생과 라노크가 축하 연설을 앞두고 이야기를 나누고 있습니다. 평소의 모습과는 전혀 다른 표정입니다. CNN 정치 담당으로 10년간 근무하면서 라노크의 저런 미소는 처음 보았다고 단언합니다. 손가락 움직임에도 정치적 의미를 담는 라노크의 평소 모습으로 볼 때, 이는 분명한 메시지를 전달하는 것으로 판단할 수 있습니다.]

카메라 앞, 혹은 옆에 서서 마이크를 든 외신 기자들이 빠르게 상황을 전했다.

⚜ ⚜ ⚜

[친애하는 대한민국의 대통령, 그리고 국민 여러분, 오늘 이 역사적인 순간을 위해 참석해 주신 각국 철도 담당 여러분.]
라노크가 말을 마치자 여자 아나운서가 그의 말을 빠르고

정확하게 한국말로 통역했다.

강찬의 가슴이 서늘하게 가라앉았다.

쿠웅. 쿠웅. 쿠웅. 쿠웅.

심장의 고동이 달라졌다.

이런 적은 몇 번 없다. 어딘가에서 적의 총구가 목이나 이마를 겨누고 있는 느낌.

강찬은 연설이 귀에 들어오지 않았다.

숨소리를 놓치는 순간 죽는다.

어디지?

주변의 누가 의심스러운 거지?

참석한 각국의 담당자 중에 누군가 총을 꺼내는 건가?

강찬은 다시금 좌에서 우로, 그리고 가까이에서 멀리 주변을 훑었다.

이럴 때 가장 믿음이 가는 건 다예루다.

'거의 다 왔다. 준비해라.'

'알았소.'

'무조건 죽여.'

'무조건이요?'

강찬의 눈빛을 받은 다예루가 짧게 고개를 끄덕였다.

보인다.

다 보인다.

마이크를 든 외신 기자가 침을 삼키는 것부터 셔터를 누르는 기자의 손가락까지.

 표시 나지 않게 숨을 내쉰 강찬은 권총 지갑을 뒤로 기울였다.

 번득.

 삽시간에 경호원들의 시선이 강찬에게로 달려들었다.

 '무슨 의미냐?'

 전대극이 금방에라도 총을 뽑을 것처럼 강찬을 노려보았다.

 '원하는 걸 하는 겁니다.'

 이를 꽉 깨문 전대극이 주변의 경호원들을 향해 빠르게 시선을 돌렸다.

 위치 파악. 상황 파악. 경계.

 쿵. 쿵. 쿵. 쿵.

 [한국에 유라시아 철도를 연결해서 가장 기쁜 것은 한국 음식을 계속 맛볼 수 있다는 점입니다.]

 라노크의 말에 박수와 웃음이 함께 터져 나왔다.

 [오늘 이 영광스러운 자리에 한국의 대통령과 국무총리가 자리해 주셨습니다. 급작스러운 제안이긴 하나, 저는 설립위원장의 자격으로 한국의 대통령께 축사를 부탁드리고 싶습니다.]

 라노크가 뒤를 보았다.

 쿵. 쿵. 쿵. 쿵.

'함께 서 있으면 안 됩니다.'

'총리가 떨어져 있어서 괜찮을 겁니다. 총리를 지키면 됩니다.'

문재현이 일어나자 다시 박수가 울렸다.

호텔 밖에 사람들이 얼마나 몰려 있는지 축구 중계를 듣는 것처럼 엄청난 함성과 박수 소리가 들려왔다.

라노크와 문재현이 악수를 나눴다.

빨리 좀!

어찌나 신경이 곤두섰는지 명치가 뜨겁게 느껴질 정도였다.

쿵. 쿵. 쿵. 쿵.

서로의 어깨를 두들긴 후에 라노크가 강찬의 곁으로 걸어왔다.

전대극은 아예 미친 사람처럼 기자들과 각국 담당자, 그리고 경호원들을 향해 눈을 돌리고 있었다.

라노크가 강찬의 곁에 앉자 문재현이 마이크에 대고 입을 열었다.

[친애하는 국민 여러분, 그리고 유라시아 철도의 설립을 위해 우리나라를 방문해 주신 외빈 여러분, 또한 유라시아 철도 설립의 막중한 책임을 맡은 라노크 벨몽드 빠르디유 위원장님. 오늘 본인은.]

강찬은 권총 지갑을 뒤로 젖힌 상태로 라노크를 살폈다.

걸어올 때까지 아무렇지도 않던 오른손 새끼손가락이 파르르 떨고 있었다.

문재현이 오른손을 앞으로 끊듯이 니밀며 '우리는 이제 위대한 시대의 주인공이 될 것입니다.'라고 말하는 순간, 호텔 밖에서 커다란 함성과 박수가 들려왔다.

이대로 끝나는 건가?

한국이다.

여기서 무슨 일이 일어나겠나?

밖에서 미사일을 쏘는 것도 아닌······.

강찬은 볼이 후끈 달아오르는 느낌이었다.

그랜드볼룸의 우측을 빠르게 보았다.

막혀 있었다.

시멘트로 만든 벽인데 밖의 함성이 이렇게 들린다고?

강찬은 왼손을 들어 무전기의 버튼을 눌렀다.

치잇.

[팀장님, 그랜드볼룸의 오른쪽이 안에서는 막혀 있습니다. 바깥쪽도 벽으로 되어 있나요?]

무전을 들은 전대극과 경호원, 그리고 석강호가 빠르게 강찬을 보았다.

치잇.

[지금 상황실 차량에 타고 있습니다. 통유리창입니다. 저격을 막기 위해 안쪽을 패널로 막았습니다.]

강찬은 이를 꽉 깨물었다.

문재현의 축하 연설은 중반쯤 왔다.

치잇.

[호텔 맞은편에 서정건설이 지은 건물이나 서정그룹 소유 건물이 있나요?]

치잇.

[강찬 씨, 호텔의 맞은편 건물은 모두 606과 35여단에서 장악하고 있습니다.]

그래? 그럼 또 오버하는 건가?

치잇.

[팀장님, 호텔 맞은편 건물이 뒤편 건물에서 2층을 다 가립니까? 미스트라나 이글라는 5킬로미터까지 유효 사거리가 나옵니다.]

강찬의 말이 끝나는 순간, 전대극의 고개가 불쑥 올라왔다. 저격만 생각했지, 대공미사일을 쏠 거라고는 계산하지 못했던 모양이다.

사람 키만 한 발사체로 팔 길이만 한 미사일을 날리는 게 미스트라나 이글라다.

실제로 아직 김형정의 답도 없었다.

치잇.

[강찬 씨, 그것까지는 계산하지 못했습니다.]

쿵. 쿵. 쿵. 쿵.

심장이 미친 듯이 뛰었다.

호텔 2층에 빽빽하게 들어앉은 거다.

죽기를 각오한 특수부대원이 이글라를 갈기면 아무도 살아남지 못한다. 더구나 내부 상황을 TV로 고스란히 전해 주는 상황에서는 더더욱 말이다.

강찬은 빠르게 전대극과 눈을 마주치며 무전 버튼을 눌렀다.

치잇.

[갓 오브 블랙필드다. 호텔 옥상의 저격수는 행사장 맞은편 모든 건물을 확인한다. 목표는 휴대용 대공미사일. 비슷한 모양이 보이면 선 발사, 후 보고한다.]

치잇.

[경호실장이다. 코드명 갓 오브 블랙필드의 명령에 따라라.]

전대극이 이를 악문 채로 강찬을 보았다.

문재현이 축사를 마무리하고 있었다. 생각 밖으로 빨리 끝난다.

C4는 어디에 쏠 거지?

문재현과 고건우를 동시에 죽일 상황이 뭐지?

치잇.

[팀장님, 3층은 무슨 시설이죠?]

치잇.

[부페 식당과 레스토랑입니다. 비워 두었습니다.]

치잇.

[4층은요?]

치잇.

[객실입니다. 현재 비워 두었습니다.]

이런 빌어먹을!

치잇.

[606 대원 투입. 8층에서 11층까지 투숙객 확인. C4로 유리를 깨고 레펠로 내려올 수 있다. 무장 가능성 있다.]

명령을 들은 전대극이 '설마?' 하는 표정으로 강찬을 볼 때, 문재현의 연설이 끝났다.

대답이 없었다. 코드명을 들었지만, 투숙객을 상대로 뛰어들지 못하는 거다.

쿵. 쿵. 쿵. 쿵.

강찬은 모든 것이 천천히 움직이는 것처럼 느껴졌다.

"대사님, 제가 소리치면 무조건 저 친구에게 달려가십시오."

자리에서 일어서던 라노크가 석강호를 보며 짧게 고개를 끄덕였다.

프랑스는 알아봤고, 한국은 모르는 강찬의 능력.

시선을 돌렸을 때 라노크의 고갯짓을 본 전대극이 왼손을 입으로 가져가고 있었다.

치잇.

[경호실장이다. 606 대원은 빨리 호텔을 수색해! 이후로 갓 오브 블랙필드의 명령에 따르지 않으면 전원 책임을 묻겠다.]

치잇.

[606 투입. 인원이 부족합니다. 35여단 투입을 허가 바랍니다.]

전대극이 강렬한 눈빛으로 강찬을 보았다.

치잇.

[35여단 투입해라.]

치잇.

[35여단 투입.]

라노크와 문재현이 단상 앞에서 악수를 하자 셔터 소리가 요란하게 울렸다.

쿵쿵쿵쿵. 쿵쿵쿵쿵.

강찬은 심장이 전하는 경고를 이기기 위해 이를 꽉 깨물었다.

그 순간이었다.

치잇.

[미사일 발견. 미사일 발견. 저격한다. 반복한다. 저격한다.]

급한 무전이 들려왔다.

"움직여!"

강찬이 벌떡 일어서는 순간, 전대극과 경호원이 문재현을 덮쳤다.

와락!

석강호와 요원들도 라노크에게 달려들었다.

"안쪽 벽으로 붙어!"

쿠으으으웅! 으드드등!

강찬이 악을 쓰는 순간에 엄청난 폭음과 함께 진동이 울렸다.

미사일이 아니다. 위층에서 C4가 터진 거다.

안의 소란을 이길 만큼 커다란 비명이 들려왔다.

벽에 붙어야 산다.

"뒤로 가! 건물이 무너져! 뒤로 가라구!"

강찬은 미친 듯이 악을 썼다.

경호원과 국정원 특수팀이 기자들을 밀쳤고, 강찬은 주변에 앉아 있던 참가자들을 창의 대각선 안쪽으로 떠밀었다.

쿠드드등.

4층이다.

"안쪽으로 피해!"

4층에서 C4 50파운드만 폭발시키면 그 잔해가 기둥이 없는 3층과 2층은 무조건 주저앉힌다.

콰드드드등.

3층이 무너졌다.

치잇.

[미사일! 미사일! 피해!]

저격수가 무전기에 악을 썼다.

전대극이 문재현을, 석강호가 라노크를 들다시피 한 채로 구석에 처박혔다.

"들어가!"

강찬은 혼이 빠진 서양 놈을 안으로 거세게 밀었다.

치잇.

[미사일!]

알아! 안다고! 이 개새끼야!

발사하기 전에 쐈어야지!

경호원들이 문재현과 고건우, 그리고 라노크를 겹겹이 덮치는 순간이었다.

콰드드등!

2층이 주저앉는 소리가 먼저 들렸다.

염병할!

"귀를 막아! 귀! oreille!"

강찬은 앞에 보이는 외국인을 감싸며 몸을 던졌다.

콰자작! 콰작! 콰작!

천장이 먼저 무너졌고,

콰과과과과광!

그다음 귀를 찢는 폭발음과 충격이 전해졌다.

화아악! 퍽! 퍼억! 퍽! 퍽! 촤르르륵!

열기, 바람, 파편이 튀고, 가루가 강찬을 덮쳤다.

우우우웅.

물속에서 사물을 보는 것처럼 모든 것이 멍했다.

씨이바아아알!

이런 경험은 수도 없이 있다. 그래도 지금까지 다 살았다.

뒤쪽으론 감각도 없었다.

시체처럼 쌓인 사람들이 시멘트 가루를 뒤집어쓴 채 꿈틀거렸다.

타다당! 타다당! 타다당! 타다당!

"꺄아아악!"

휘이익. 휘익. 휘이익.

창밖에서 검은 덩어리가 바닥으로 뚝뚝 떨어졌다.

미친 새끼들!

전쟁을 각오한 거다. 그래서 정말 레펠로 2층으로 뛰어드는 거다.

강찬은 억지로 몸을 돌리며 허리의 권총을 꺼냈다.

콰자작.

시커먼 덩어리가 2층으로 날아들었다.

강찬은 거침없이 권총을 겨눴다.

타아앙!

총소리와 함께 세상이 빠르게 돌아왔다.

타아앙. 타아앙. 타아앙.

4발을 쐈다.

그때마다 줄에 매달렸던 원숭이처럼 시커먼 복장의 적들이 바닥으로 떨어졌다.

솔직히 적인지 아닌지도 모른다.

타아앙. 타아앙. 타아앙.

"어후!"

다예루가 고개를 흔든 거다. 이런 건 안 봐도 안다.

타타타타탕. 피융! 피융! 타다당. 타다다다당.

총소리와 함께 안쪽의 흙이 튀고, 레이저스코프의 붉은색이 건물로 뛰어들었다.

타다다다당. 타다다당. 타다다당. 타앙.

위층과 건물 밖에서도 연달아 총소리가 터져 나왔다.

창은 밑에서부터 반, 입구는 오른쪽 반이 막혔다.

강찬은 빠르게 움직이기 위해 허리를 숙였다.

'끄으윽!'

끔찍한 통증이 허리와 뒷목에서 느껴졌다.

다예루! 좀 쏴!

타앙! 타앙타앙! 타앙!

석강호다. 저 새낀 권총을 꼭 저렇게 쏜다.

타앙! 털썩. 타앙! 털썩.

가서 다 죽여 버리자 • 73

이를 악문 강찬이 고개를 들었을 때, 적의 레이저스코프가 석강호의 이마를 노리고 있었다.

철컥! 타아앙! 털썩!

강찬은 적을 쓰러트린 것과 동시에 빠르게 앞으로 나아갔다.

철커덕!

소총을 드는 순간 몸 뒤쪽이 찢겨 나가는 것 같았다.

염병! 염병! 염병!

소총을 들던 강찬이 석강호를 보았다.

죽은 놈의 허리에 C4가 감겨 있었다.

휘익! 철커덕! 휘익! 철커덕!

강찬은 석강호와 전대극을 향해 소총을 던졌다.

콱!

그러고는 죽은 적의 목덜미를 잡고 파편 더미를 올라갔다.

"뭐하는 거야!"

전대극이 지른 고함이다.

타다당! 타당. 타앙. 타다당!

그 순간, 입구에서 총소리가 들려왔다.

후다닥!

석강호와 전대극이 입구 왼쪽 벽에 기대 소총을 겨눴다.

지이이이익!

개새끼가 왜 이렇게 무거워?

몸이 찢어져 나가는 느낌인데 당기는 걸 멈출 수는 없다.

타다당! 파악! 타앙! 파악! 타아앙! 타앙. 타당.

강찬의 발 앞에서 흙더미가 튀었고, 석강호과 전대극이 연신 소총을 쏘았다.

'으으윽!'

휘이익!

시체가 밖으로 떨어지는 순간에 '꺄아악!' 하는 비명이 들렸다.

"강찬 씨!"

강찬이 두 번째 시체의 목덜미를 당길 때 라노크가 고개를 털어 가며 억지로 몸을 세웠다.

"오지 마세요! 허리에 C4를 둘렀어요!"

타아앙! 타앙! 타아앙! 타다당!

석강호와 전대극이 빠르게 강찬을 보았다.

통증은 무시하면 된다. 그럼 지금처럼 잘못 느낄 수도 있다.

휘이익.

두 번째 시체를 던지자 더 큰 비명이 들려왔다.

삐이익.

그 순간 전자음이 들렸다.

염병할!

"엎드려!"

석강호와 전대극이 벽으로 몸을 웅크렸고, 강찬은 시체의 반대쪽으로 몸을 던졌다.

쿠우우웅!

굵직한 소리가 들린 다음 곧바로.

우드드드드등.

천장이 두 번째로 주저앉았다.

"푸후!"

귀가 완전히 나가서 소리가 들리지 않았다.

라노크는?

보이지 않았다.

정신이 아득아득했다.

입구에서 붉은색 불이 보였다.

레이저스코프, 하나, 둘, 셋, 넷.

창이 거의 막혔다.

놈들은 시멘트 더미에 가려서 구석에 처박힌 강찬은 보지도 못하고 있었다.

강찬은 발목에 찼던 권총을 꺼냈다.

여기에서 보면 한 줄로 선 거다.

레이저스코프의 불빛이 석강호와 전대극을 향하는 순간이었다.

네 놈이 한 줄로 쭉 서 있다는 거지?

이마나 심장을 맞추는 거? 반동이 엿같이 강한 글록으로 그렇게 하는 거?

못 구한 놈들이 생길 때마다 악에 받쳐 는 거다.

강찬은 상체를 세우고 방아쇠를 당겼다.

타타아앙! 타앙. 타앙.

털썩. 털썩. 털썩. 털썩.

입구 왼쪽 벽 앞에서 네 놈이 무너지듯 고꾸라졌다.

소리가 아직 제대로 들리지 않아서 헤드셋을 끼고 총을 쏜 것 같았다.

강찬은 버적버적 기어서 놈들에게 다가갔다.

지이익. 지이익. 지이익. 지이익.

무릎이 끌리는 소리가 조그맣게 들렸다.

귀가 제대로 들려야 무전을 할 텐데.

무전기가 온전한지도 모르는데.

강찬은 우선 가장 가까이 쓰러진 놈의 소총을…

염병할!

세 번째 놈의 허리에서 빨간 불빛이 깜박였다.

C4를 둘렀다.

강찬은 몸을 일으키며 쓰러진 석강호를 보았다.

이대로 C4가 터지면 석강호와 전대극은 갈가리 찢겨 죽는다.

기어서 도망가기도 바쁜 거다.

석강호를 보며 강찬은 이를 악물었다.

병신아! 내가 널 죽게 둘 것 같으냐!

"끄으응!"

지이이이익.

복도는 천장이 주저앉았고, 엘리베이터는 입구가 나갔다.

삐. 삐. 삐. 삐.

빨간 불빛의 반짝임이 빨라지더니 소리를 냈다.

지이이이익.

삐삐. 삐삐. 삐삐.

강찬은 무너진 복도 앞에 놈을 놓았다. 벽이 있어서 최소한 석강호는 살린 거다.

털썩.

기운이 다 빠졌다.

그래도 기어야 하는 거다.

그래야 이 싸움에서 이기는 거다.

지이익. 지이익. 지이익. 지이익.

삐삐삐삐삐삐. 삐이- 이이이.

콰아앙!

⚜ ⚜ ⚜

비명과 함께 화면이 커다랗게 흔들렸다.

멘트를 하던 기자가 '억.' 하는 소리를 질렀고, '꺄아아아악!' 하는 비명이 들려왔다.

[또다시 2층에서 폭발이 일어났습니다.]

머리와 온 얼굴에 먼지를 뒤집어쓴 카메라 기자가 2층에서 흙먼지가 뽀얗게 피어오르는 것을 잡아내고 있었다.

[현재 35여단과 606특수대원들이 삼엄하게 둘러싼 가운데 방금 진압 작전이 실패했습니다. 테러 조직이나 생존자는 아직 확인되지 않고 있습니다.]

⚜   ⚜   ⚜

신묵고등학교는 침묵에 잠겼다.

점심시간이 지났는데도 누구 하나 움직이지 못했다.

파랗게 질린 아이, 닭똥 같은 눈물을 뚝뚝 흘리는 아이.

화면에 담긴 국제빌딩은 완전히 망가진 채로 2층에서 뽀얀 연기와 흙먼지가 피어나고 있었다.

김미영은 하얗게 질린 채로 멍하니 있었다. 울지도 못했다.

세상이, 그리고 모든 것이 멈춘 느낌이었다.

⚜   ⚜   ⚜

가서 다 죽여 버리자 • 79

"여보! 여보!"

강대경은 급하게 수건을 물에 적셔 유혜숙의 얼굴과 목에 문질렀다.

짜지도 않은 수건에서 물이 주르륵 흘러 상체를 적시자 죽은 사람처럼 낯빛이 하얗게 변했던 유혜숙이 겨우 눈을 떴다.

"여보, 어떡해. 우리 아들 불쌍해서 어떡해. 나 가야 돼. 아들이 저기서 나 기다릴 거야."

"그래, 가자. 그러니까 우선 기운을 차려. 기운을 차려야 가지!"

"여보, 나 갈 수 있어. 가야 돼, 여보."

"그래, 알았어. 알았으니까 제발 정신 좀 차리자. 응?"

강대경이 결국 울음을 터트렸다.

안 된다.

아무리 참으려 했지만, 눈물이 쏟아져 나오는 것을 막을 순 없었다.

⚜ ⚜ ⚜

"흐- 흠."

양진우는 휴게실에 홀로 앉아 연기가 피어오르는 건물을 보며 오른 주먹을 불끈 쥐었다.

"후- 우!"

탁. 탁. 탁. 탁.

숨을 커다랗게 내쉰 다음에는 심장이 있는 왼쪽 가슴을 몇 차례 두들겼다.

"ㅋㅎㅎ."

아직 웃을 때가 아니다. 그런데 근엄한 표정을 아무리 지으려 해도 웃음이 멈춰지지 않았다.

⚜   ⚜   ⚜

꿈틀.

강찬은 겨우 검지를 움직였다.

"내가 죽을 줄 알았지?"

엎드린 채로 우선 손을 움직여 귀를 두드려 보았다.

"염병! 이제 전화는 다 받았네. 끄으응!"

벽이 무너지지 않은 것이 천만다행이었다.

이를 악문 강찬이 겨우 움직이는 오른팔을 들어 상체를 일으키려고 했을 때였다.

꽈악.

강찬의 왼팔을 주저앉은 석강호가 잡아 들었다.

강찬이 피식 웃자 먼지를 온통 뒤집어쓴 눈가가 귀신처럼 시뻘겋게 보였다.

"잠깐 기다리쇼. 내가 일어나서 앉혀 드릴게."

"안 들려."

"뭐라는 거요? 끄응! 내가 일으켜 준다니까요."

"안 들린다고."

석강호가 이를 악물고 몸을 일으켰다.

"끄응! 살아서 나가면, 끄응! 개새끼들 모조리 모가지 비틀러 갑시다. 끄으응."

지이이이익.

석강호가 강찬을 안쪽 벽에 기대 앉힌 다음, 맞은편에 털썩 주저앉았다.

피식.

히죽.

"우리 또 살았소."

"그래. 가서 죽여 버리자."

"그게 아니라 우리 안 죽었단 말이오."

"알았다니까. 이거 꾸민 새끼들, 이거 관련된 새끼들, 전부 죽여 버릴 거니까 각오 단단히 해 둬."

"푸흐흐."

석강호가 기가 막혀 웃을 때 전대극이 꿈틀대며 고개를 털었다.

⚜   ⚜   ⚜

치잇.

[3분 뒤에 재진입한다! 반복한다. 3분 뒤에 재진입한다!]

콰앙! 콰앙! 콰앙! 콰앙!

무전기를 내려놓은 김형정이 미친 사람처럼 테이블을 내리쳤다.

폭발물이 터지며 입구에 대기하던 진입조가 또 후퇴했다.

막힌 복도다.

잘못 다가갔다가 폭탄이 터지면 대원들이 희생된다.

남은 방법은 이쪽에서 폭탄을 터트리는 것.

하지만 안에 있는 사람들에게 치명적일 수 있었다.

치잇.

[강찬 씨!]

치잇.

[실장님!]

치잇.

[석 선생!]

망설이지 말았어야 했다.

강찬이 객실을 뒤지라고 했을 때 주춤하면 안 됐다.

몽골에서의 실력을 알면서도 고정관념을 깨지 못한 거다.

상황실을 차지하고 앉아서 윗선에 보고할 것을 떠올리다니. 테러를 앞두고 중국인 관광객을 건드린 후의 외교 마찰을 걱정했다니.

치잇.

[폭약 설치.]

606 침입조장의 무전이 들렸다.

치잇.

[강찬 씨!]

치잇.

[강찬 씨! 제발 대답 좀 해 봐!]

치잇.

[갓 오브 블랙필드라며! 이름만 거창한 거야!]

김형정은 이를 악물며 무전기를 노려보았다. 상황실에 앉아 있기만 했는데 숨이 막혔다.

"씨발!"

꽈앙!

옆에 있던 요원들은 말리지도 못했다.

"후우! 강찬 씨, 내가 국정원을 때려치우는 한이 있어도 이 복수는 반드시 할 겁니다!"

김형정이 이를 악물고 연기가 피어오르는 상황실 화면을 노려볼 때였다.

치잇.

[갓 오브 블랙필드다.]

김형정은 꼼짝도 하지 못했다.

치잇.

[진입 작전, 중단해라.]

멍했던 김형정이 보이지도 않을 만큼 빠르게 무전기를 입에 댔다.

치잇.

[진입팀, 정지! 반복한다. 진입팀, 정지!]

치잇.

[진입팀 정지했다.]

치잇.

[갓 오브 블랙필드다. VIP 모두 무사하다. 반복한다. VIP 3명 모두 무사하다. 복도는 위험하니까 창으로 사다리차 준비해라.]

치잇.

[알았다. 갓 오브 블랙필드.]

"으아아아아아!"

무전기를 내려놓은 김형정이 두 주먹을 불끈 쥐고 미친 사람처럼 고함을 질렀다.

⚜ ⚜ ⚜

[상황이 급변했습니다! 현재 진입팀이 철수하고 사다리차가 급하게 2층으로 연결되고 있습니다. 사람 한두 명이 겨우 통과할 만한 공간밖에 보이지 않는데요. 대통령이나

설립위원장의 생사는 확인되지 않고 있습니다! 현재 무장한 대원들이 삼엄하게 경계를 선 가운데 사다리차가 2층 창문에 닿았습니다.]

기자들이 악을 쓰는 가운데 사다리의 안전 틀에 올라선 대원들이 2층으로 향했다.

[안쪽에서 공간을 확보하고 있습니다. 현재 대통령이나 설립위원장의 생사는 확인되지 않고 있⋯⋯!]

"와아아아아!"

주변에 있던 사람들과 건물에서 상황을 지켜보던 시민들이 미친 듯이 고함을 질러 댔다.

[대통령입니다! 지금 문재현 대통령이 특수팀에 싸여 사다리를 내려오고 있습니다!]

⚜ ⚜ ⚜

"다음은 대사님이 내려가세요."

창 앞에 쌓인 파편 더미에 기댄 강찬이 라노크를 보며 힘겹게 웃었다.

"강찬 씨는 언제 내려올 겁니까?"

"여기서 한 번 더 방송 제대로 타면 이거 복수하러 못 갑니다."

우우우우웅.

"대사님! 얼른 나오십시오!"

라노크가 밖을 보았다가 다시 강찬을 보았다.

"강찬 씨, 내가 할 수 있는 모든 것을 동원해서 이 복수를 지원하겠습니다."

강찬이 피식 웃자 라노크가 고개를 짧게 끄덕이고 구멍으로 몸을 빼냈다.

"와아- 아!"

엄청난 함성과 박수가 들려왔다.

강찬은 오른팔로 가슴을 두들겼다.

"왜 그러쇼! 숨이 안 쉬어져요?"

석강호가 놀란 눈을 했다.

"담배. 담배 있나 봐어."

고건우가 부상으로 한쪽에 누워 있어서 대표 중에서 몸을 움직일 수 있는 사람이 먼저 사다리를 이용해 내려갔다.

"끄응, 거 무전으로 담배 하나 먼저 보내라고 해요. 김 팀장님이 다 좋은데 너무 고지식해."

"와아아- 아!"

석강호의 말이 끝나기도 전에 밖에서 엄청난 함성이 울려 나왔다.

치잇.

[김 팀장님.]

치잇.

[강찬 씨! 지금 라노크 대사가 유라시아 철도는 어떤 협박에도 굴하지 않겠다는 말과 함께 설립을 발표하고 대통령과 함께 손을 들었습니다!]
 하여간 저 양반도 쇼맨십은 죽여주는구만.
 치잇.
 [김 팀장님.]
 치잇.
 [강찬 씨! 말씀하세요!]
 치잇.
 [담배랑 라이터요. 그리고 집에 연락 좀 해 주세요. 아마 걱정하실 거예요.]
 치잇.
 [지금 구급요원이 들어갑니다. 그 뒤에 바로 보내 드릴게요. 집에는 경호요원 통해서 어디 계신지 확인하고 바로 연락드리겠습니다.]
 다가라락.
 구멍을 통해 군의관인 듯한 남자 둘이 들어왔다.
 "여기!"
 전대극이 손을 들자 군의관 둘이 고건우를 향해 달려갔다.
 잠시 후, 전대극이 힘겹게 강찬에게 왔다.
 "지대공미사일을 쏠 거란 생각은 어떻게 한 거요?"

말투가 석강호 흉내를 내는 거 같다.
"제가 여길 습격한다면 그렇게 했을 거니까요."
"C4도 쓰고?"
"더한 짓도 했을 겁니다."
털썩.
전대극이 주저앉아 강찬과 대각선으로 벽에 기댔다.
부스럭.
대원 하나가 급하게 들어와 전대극을 보았다.
"김 팀장님이 가져다 드리라고 했습니다."
담배와 라이터다.
"저기 드려."
전대극은 무척 지친 얼굴이었다.

⚜ ⚜ ⚜

삐이이. 삐이이. 삐이이.
"사장님! 저 김 대리입니다! 아드님 무사하다고 회사로 연락 왔습니다! 사장님!"
쾅쾅쾅쾅쾅.
벌컥!
강대경이 눈을 커다랗게 뜬 채로 문을 열었다.
"지금 뭐라고 했어요?"

"전화를 안 받으셔서 회사로 연락 왔습니다. 사장님 아드님 무사하시다고! 병원으로 후송되면 연락드린다고! 걱정하실 테니까 빨리 알려 드리라고 해서 지금 달려온 겁니다."

철퍼덕!

강대경은 현관에 그대로 주저앉고 말았다.

제3장

지금 어디 있나요?

총 5명의 대원이 들어와 주변을 확인했다.

원래대로라면 저 작업이 가장 먼저 이루어졌어야 하는데 문재현과 라노크, 그리고 고건우를 빼는 일이 그만큼 급했다는 뜻이다.

급한 상황이다.

한시라도 속히 부상자들을 빼내고 추가로 있을지 모를 붕괴나 공격을 피해야 할 때였다.

천장에서 작은 돌들과 가루가 우수수 쏟아져 내렸다.

전대극이 기가 막힌 눈으로 강찬을 본 다음, 다시 주변을 둘러보았다.

석강호가 강찬의 입에 담배를 물려 주고 라이터를 켰다.

찰칵. 찰칵.

"후우!"

몸을 꼼짝하기도 어려울 만큼 등과 허리가 아팠다.

대원들이 좀 더 들어와 부상자를 챙겼고, 움직일 수 있는 사람들이 부축을 받으며 사다리를 통해 행사장을 빠져나갔다.

벽이 막히다시피 했다. 뚫린 구멍으로 스며든 빛이 기다랗게 늘어졌고, 그 사이를 뿌연 먼지가 떠다녔다.

"실장님, 모시겠습니다."

전대극이 강찬을 보았다.

"먼저 가세요. 저는 아무래도 의무팀에 의지해서 나가야 할 것 같습니다."

"나중에 연락합시다."

"예."

전대극은 지금 상황을 받아들이려 애쓰고 있었다.

야전에서, 그것도 특전사만 돌던 지휘관에게 오늘의 일은 뼈아픈 패배로 받아들여질 거다.

담배를 끄자 온몸이 나른했다.

"움직일 수 있겠냐?"

"양진우를 잡으려고 그러는 거요?"

이 새끼만큼 마음을 척척 읽는 놈도 드물다.

"이대론 어렵소. 놈을 죽이기야 하겠지만, 굳이 그놈하고 같이 죽을 일이 뭐 있소? 오늘은 참읍시다. 그래서 완벽하게 죽여 버립시다."

염병!

이를 악물며 상체를 세운 강찬이 엉망인 주변을 둘러보았다.

양진우를 그냥 두기가 너무 억울했다.

강대경의 기습, 몽골, 그리고 오늘까지 벌써 세 번이나 놈에게 당한 꼴이다.

겨우 막아 낸 것으로는 성이 차지 않았다.

놈이 물불을 안 가리겠다면 이쪽도 사양하지 않는다.

환자가 연신 들려 나갔다.

치잇.

[강찬 씨, 부모님껜 연락했습니다. 이제 나오세요.]

치잇.

[팀장님, 다른 환자들 먼저 내보내고 갈게요. 그리고 저랑 석강호는 방지병원으로 가겠습니다.]

치잇.

[알겠습니다. 연락해 두겠습니다.]

⚜   ⚜   ⚜

유헌우는 강찬의 옷을 가위로 전부 자르고 아예 소독약으로 샤워를 시키다시피 했다.

엎드린 자세에서 의사가 셋이나 달려들었고, 간호사 한 명은 이상한 약품으로 머리까지 감겨 주었다.

핀셋으로 피부에 박힌 이물질을 제거하고 소독하고 약 바르고 다시 붕대를 감았다. 다음은 X-레이와 CT 촬영으로 허리와 척추, 목 등을 찍었다.

"휴우, 큰 걱정은 없네요. 병실에 올라가세요. 전 옆방의 석강호 씨 상태를 살펴보고 저녁때 올라가겠습니다. 조금이라도 이상이 있으면 바로 말씀하세요."

강찬도 유헌우도 지쳤다.

병실에 옮겨 가서 멍하니 침대에 앉아 있을 때였다.

드르륵.

"아들!"

유혜숙이 새하얗게 질린 얼굴로 강찬에게 달려들었다.

"괜찮아? 괜찮은 거니? 심하게 다친 건 아니야?"

"괜찮아요. 걱정 끼쳐서 죄송해요."

강찬은 얼굴과 몸을 살피고 매만지는 유혜숙을 침대에 앉게 하고 손을 잡아 주었다.

"보세요, 어머니. 저 정말 아무렇지도 않아요."

"흐흑. 그래, 다행이야. 호호흑."

"울지 마세요."

강찬이 손을 잡아 준 뒤에서 한참을 울었던 유혜숙이 마침내 '후우.' 하며 숨을 내쉬었다.

그사이 강찬은 강대경을 보았다. 하루 만에 10년은 늙어 버린 얼굴을 하고 있었다.

자식이란 이런 거구나.

이전의 삶에서 느껴 보지 못했던 진한 사랑이 강대경의 늙어 버린 얼굴과 유혜숙의 울음 속에 담겨 있었다.

"배는 안 고파? 점심은 먹었어?"

강찬이 풀썩 웃자 유혜숙은 조금 더 마음이 진정되는 느낌이었다.

"죄송해요."

"아들이 미안할 게 뭐 있어?"

"아버지, 이리 앉으세요."

"그래, 그러자."

강대경은 정신이 퍼뜩 든 사람처럼 의자를 가져와 침대 옆에 앉았다.

강찬은 차디찬 유혜숙의 손을 주물러 주었다.

"힘들어, 애!"

"괜찮아요."

이렇게 해서라도 조금이나마 몸이 녹았으면 싶었다.

"엄마가 이제 좀 살아나나 보다."

강대경이 조금은 안도하는 얼굴로 입을 열었다.

"어머니, 이제 좀 괜찮으세요?"

강찬이 얼굴을 들여다보자 유혜숙이 남은 눈물을 털어 내며 숨을 커다랗게 쉬었다.

"넌 유학 못 가겠다."

"그렇죠? 아버지?"

어쩐 일인지 유혜숙은 아니란 말을 못한다.

"에구! 우리 어머니 이제 웃네?"

"얘는!"

강찬이 손을 뻗자 유혜숙이 어깨만 닿는 자세로 그를 안아 주었다.

"죄송해요."

"됐어. 엄마는 아들이 이렇게 무사한 거 봤으니까 이제 됐어. 아들이 잘못한 것도 아닌데. 무사하게 돌아왔으니까 엄마는 그걸로 만족해."

유혜숙의 얼었던 몸이 녹았다.

어깨에 닿는 온기, 말투, 몸을 세워 강찬을 바라보는 눈빛에서 알 수 있었다.

"어디 크게 다친 건 아니구?"

"등에 상처가 좀 있는데 심한 건 아니라던데요?"

"얼마나 다친 건데?"

"정말 심한 거 아니랬어요. 여기 원장님 아시잖아요. 그러니까 걱정하지 마세요."

정말 한시름을 놓은 얼굴로 유혜숙이 마지막 남았던 걱정을 한숨과 함께 털어 낼 때였다.

드르륵!

미쉘이 눈물을 쏟아 내는 얼굴로 병실 문을 열었다.

"차니!"

"미쉘?"

빠르게 달려온 미쉘이 강찬을 와락 안았다.

"걱정했어! 잘못되는 줄 알고! 다신 못 보는 줄 알고 얼마나 마음 졸였는지 몰라!"

프랑스어다. 계산해서 나온 말이 아니라 편한 말이 먼저 쏟아져 나온 거다.

얼마나 서럽게 우는지 강대경과 유혜숙이 놀란 얼굴로 시선을 마주치고 있었다.

"괜찮아. 난 정말 괜찮아."

"여보, 우리 나가서 마실 거하고, 과일 좀 사 오자."

"그래, 여보."

강대경이 눈짓을 하자 유혜숙이 엉거주춤 침대를 내려갔다. 그 정도로 미쉘은 서럽게 울고 있었다.

염병! 얼마나 세게 안았는지 등 쪽의 상처가 욱신거렸다.

드르륵.

두 사람이 슬쩍 자리를 비켜 주고도 5분쯤 지나서야 미쉘은 울음을 멈추고 강찬을 보았다.

커다란 눈에 눈물이 가득 담겼다.

미쉘이 키스를 하는 걸 알았지만, 거부할 수 없었다.

후끈하게 느껴질 정도로 뜨거운 몸으로 미쉘이 파고들었다. 마음 졸였던 것을 모두 풀어낼 것처럼 그녀의 몸은 열기를 뿜어냈다.

"이제 괜찮아?"

미쉘이 고개를 끄덕였다. 금발이 출렁였는데, 크고 파란 눈에 아직 눈물이 담겼다.

"차니, 일하지 마. 내가 열심히 벌게."

"푸흐흐."

석강호랑 너무 다녀서 그런지 비슷한 웃음이 나왔다.

"진심이야. 차니 하고 싶은 거 해. 대신 이런 일은 그만해, 차니."

서양 년들은 이런 말 안 한다. 절대로.

미쉘의 이런 면은 또 동양적인 사고다.

"회사는 어떻게 했어?"

"오늘 오후 촬영 들어갔어. 차니가 이렇게 돼서 다들 표정이 무거워."

"그럼 가 봐야지?"

"조금만 있다가 갈게."

드르르르륵.

조심스럽게 문이 열리고, 강대경과 유혜숙이 빠끔히 안을 들여다보았다.

강찬은 풀썩 웃음을 터트렸고, 미쉘이 얼른 일어나 공손하게 인사했다.

"죄송해요, 아버님, 어머님."

한국말이다.

"우리 아들 걱정해 주는 게 뭐가 죄송할 일이에요. 괜찮아요, 괜찮아. 앉아요. 커피 한 잔 타 줄까?"

"아니에요. 제가, 제가 할게요."

미쉘이 한사코 두 사람을 앉게 하고 온수기 앞으로 움직였다.

"한국말이 많이 늘었어요."

"감사합니다, 어머님."

빠르게 차를 타 온 미쉘이 쟁반에 종이컵 4개를 들고 와 강대경에게 먼저 권했다.

"아버님."

"아! 예."

"차니, 아버님께 말씀 편하게 하시라그 전해 줘."

프랑스어로 말을 하자 강대경과 유혜숙이 강찬을 보았다.

"오버하는 거 아니냐?"

"차니!"

"말씀 편하게 하시래요."

"아휴! 어쩜 마음 씀씀이가 이렇게 예뻐요."

"어머님, 차 드세요."

"그래요. 미쉘도 얼른 여기 앉아요. 일하느라고 힘들 텐데 찾아와 줘서 고마워요."

미쉘은 강찬에게 차를 건네고 쟁반을 한쪽에 올려놓은 다음, 자리에 앉았다.

어째 피곤하다는 생각이 들었다.

30분쯤 이야기를 나눈 미쉘이 자리에서 일어났다.

"왜? 벌써 가려구요? 저녁 같이 먹고 가요."

미쉘이 통역을 부탁해서 '오늘은 편하게 계시고, 강찬 씨 나으면 제가 식사 한번 모실게요. 맛있고, 편안한 프랑스 레스토랑을 하나 알아 뒀어요.' 했다.

"아버님, 다음에 뵐게요."

미쉘이 팔을 뻗자, 엄한 아버지가 애교 많은 딸을 안아 주는 것처럼 어색한 자세로 강대경이 미쉘과 허그를 나눴다.

"어머님, 다행이에요."

유혜숙은 친숙하게 미쉘을 안고 등까지 두드려 주었다.

미쉘이 나간 다음이다.

"아들, 저 아가씨가 몇 살이라고 그랬지?"

"어? 정확하게는 모르겠는데요? 왜요?"

"아니. 그냥 서글서글하니 너무 예뻐서."

유혜숙의 눈빛이 어딘가 이상했지만 모른 척했다.

드르륵.

문이 또 열렸다.

무심코 시선을 돌렸을 때 마른 중년 여인이 먼저 들어오고, 다음으로 근엄하게 생긴 중년 남자, 마지막으로 김미영이 들어섰다.

"안녕하세요?"

생각났다! 김미영의 모친이었다.

강대경과 유혜숙이 자리에서 일어나 두 사람을 맞았다. 가장 뒤에 선 김미영은 얼마나 울었는지 눈이 퉁퉁 부어 있었다.

"초면에 실례합니다. 김관식입니다. 우리 딸애가 얼마나 우는지 불편하실 걸 알면서도 이리저리 알아봐서 찾아왔습니다."

"와 주셔서 감사합니다."

더럽게 어색한 인사였다.

"이리 와. 그렇게 울고 하더니 얼른 와서 찬이 봐야지."

"으아앙!"

김미영이 커다랗게 울음을 터트렸다. 안심되기도 하고, 무안하기도 한 심정이 그 울음에 고스란히 담겨 있었다.

김관식은 씁쓸하게 웃었고, 모친은 불편한 얼굴로 강찬과 김미영을 번갈아 보았다.

"괜찮아. 걱정 많이 했어?"

"응! 방송 보다가 잘못되는 줄 알았어. 흑흑."

"봐! 괜찮잖아. 이제 그만 울어. 응?"

눈은 퉁퉁 부었고, 코가 빨갰다.

"잠깐 앉으세요."

"아닙니다. 저 녀석이 학원도 못 가고 저렇게 울고 있어서 아비라는 사람이 무례한 짓을 했습니다. 그저 딸자식 키우다 보니 마음이 약해져서 그런 거라고 이해해 주시면 고맙겠습니다."

"자식 키우는 일은 정말 어렵지요."

강대경과 김관식의 앞에서 김미영은 겨우 마음을 가라앉힌 얼굴이었다.

"많이 다치진 않았니?"

"예."

김관식이 강찬을 보고는 고개를 끄덕였다.

"TV에서 봤다. 아버님께서 소개해 주셨다는 보도는 봤다만, 나라를 위한 일을 하다 다친 거니까 너무 억울해하거나 서운해하지는 마라."

"예."

그야말로 근엄한 아버지의 얼굴이었다.

김미영이 강대경과 유혜숙을 보았다.

"안녕하세요?"

"그래. 우리 찬이를 이렇게 걱정해 줘서 고맙다."

김미영은 대답도 못하고 고개를 떨궜다.

"이럴 게 아니라 차라도 한잔하시고 가세요."

김관식은 먼저 김미영을 보고는 답을 했다.

"그럼 잠시 폐를 끼치겠습니다."

유혜숙이 자리에서 일어나자 김관식이 매서운 눈으로 김미영의 모친을 보았다.

"제가 도와드릴게요."

"아니에요, 미영 엄마. 병문안 오신 건데요. 내가 얼른 할 테니까 앉아 계세요."

김미영의 모친이 못 이기는 척 김관식의 옆에 앉았다.

"듬직한 아들을 두셔서 좋으시겠습니다. 나라를 위해 이런 일을 할 수 있는 아들이 얼마나 자랑스러우시겠습니까?"

"꼭 그렇지도 않습니다. 이렇게 다친 걸 보면 정말 저 녀석이 예쁜 딸이었으면 하고 바랄 때가 많습니다."

"허허허, 사내 녀석들은 그렇다고 하더군요. 아! 고맙습니다."

이야기를 나누던 김관식이 공손한 태도로 종이컵을 받았다.

"프랑스로 유학 간다고?"

"대학은 아무래도 서울에서 다닐까 하고 있습니다."

김관식이 무슨 소리냐는 투로 김미영과 강찬을 번갈아 보았다. 울고 매달렸을 김미영을 봐서라도 좀 더 공손하게 대하기로 했다.

"서울대학교 특례 입학이 가능할 것 같아서요. 기본을 좀 더 쌓고 유학은 추후에 결정할까 싶습니다."

이놈 봐라?

김관식이 고개를 갸웃하며 강찬을 보았는데, 그와 동시에 우습게도 김미영 모친의 표정에서 불만이 한 꺼풀 사라졌다.

"앞으로 뭘 해 볼 생각이냐?"

"외교관이 돼 보고 싶습니다."

김미영의 옛날 희망이 떠올라서 툭 튀어나온 거다.

"흠."

김관식이 묘한 표정으로 고개를 끄덕이며, 김미영을 슬쩍 보았다.

"이제 좀 안심이 됐니?"

"예."

"여기 어른들 불편하시다. 이제 일어나야지?"

김미영이 퉁퉁 부은 눈으로 아쉽게 일어섰다.

"벌써 가시게요?"

"폐를 끼쳤습니다."

"별말씀을요."

강대경과 악수를 나눈 김관식이 강찬의 어깨를 말없이 두드려 주었다.

"안녕히 계세요."

"그래. 미영이 고맙다."

김미영의 모친이 한결 수그러든 표정으로 고개를 숙이고 병실을 나섰다.

"저분이 미영이 아버님인가?"

"나도 처음 봬."

"참 바르게 사신 분 같네."

"그렇지? 여보?"

유혜숙이 뱉지 않은 뒷말이 '그런데 엄마는?'이란 말인 것을 강찬과 강대경 모두 알았다.

잠시 후, 유헌우가 간호사와 들어왔다.

강대경, 유혜숙과 인사를 나눈 그가 강찬의 앞에 섰다.

"기분은 어때요?"

"괜찮습니다."

"찌르르하게 울린다거나 구토, 그 외 이상이 있으면 바로 말해야 합니다."

"그럴게요."

고개를 끄덕인 유헌우가 몸을 돌렸다.

"저녁 식사 후에 주사약을 좀 강한 걸 쓸 겁니다. 깊게 잠이 들 거고, 지금은 그게 제일 좋습니다. 제가 최대한 신경 쓸 테니 두 분은 저녁 드시고 집에 가시는 게 좋겠습니다. 아무래도 환자가 푹 잘 수 있는 환경을 만들어 주는 게 제일 중요하니까요."

강대경과 유혜숙은 아쉬운 표정을 지었으나 유헌우의 말에 수긍하는 눈치였다.

역시! 라노크에게 필적할 만한 구렁이를 꼽으라면 당장은 이 사람밖에 없다.

저녁은 셋이서 보쌈을 시켜 먹었다.

마음이 가라앉은 유혜숙이 간간이 웃었고, 강대경은 여유를 찾은 얼굴이었다.

미쉘 얘기, 김미영 얘기, 그리고 행사장을 TV로 볼 때 자랑스럽고, 걱정되었다는 이야기를 하고 나자 저녁 8시쯤 되었다.

드르륵.

간호사가 약을 건네주고 링거 줄에 주사를 놓았다.

"보호자 분들은 이만 돌아가시는 게 좋으세요."

친절한 한마디에 두 사람이 자리에서 일어났다.

"아들, 푹 자. 엄마가 아침에 올게. 뭐 먹고 싶은 건 없니?"

"아니요. 괜찮아요. 걱정하지 마세요."

강찬을 안는 유혜숙의 뒤에서 강대경이 고개를 끄덕였다.

두 사람이 나가고 나서 5분쯤 지났을 때 문이 열렸다. 석강호였다.

온몸이 불편한 것처럼 링거대를 끌고 뻣뻣한 동작으로 걸었다.

"좀 살아났소?"

강찬은 풀썩 웃음을 터트렸다.

"넌 좀 어떠냐?"

"말도 마쇼. 등짝이 아파서 꼼짝도 하기 힘드우. 내가 원장님께 부모님 좀 가시게 해 달라고 부탁했소. 아후!"

의자를 가져다 앉으며 석강호가 인상을 버럭 썼다.

"자! 담배요."

강찬은 몸을 돌려 침대에서 내려섰다.

"어? 왜요?"

"앉아 있어. 화장실 가는 거야."

몸을 움직이자 등이고, 허리고, 안 아픈 곳이 없었다.

화장실에서 나온 강찬은 커피를 탔다.

"내가 탈게요."

"됐다. 일어선 김에 내가 타 갈게."

커피를 2잔 타서 쟁반에 올린 강찬이 링거대를 끌고 침대로 움직였다.

찰칵.

아! 역시 병실에선 봉지 커피와 담배다.

"운이 정말 좋았소. 이글라가 총 셋이었는데 둘을 저격하는 바람에 C4를 먼저 터트렸고, 남은 한 놈도 2층과 1층 사이를 맞췄다고 합디다. 거기에 2층이 먼저 무너져서 방어막이 됐고."

강찬의 시선을 받은 석강호가 '김 팀장이 낮에 다녀갔소.'라고 하며 연기를 뿜어냈다.

"부모님 계신다고 나중에 다시 들르겠다고 전해 달랍디다. 그나저나 이거 꾸민 놈들 그냥 둘 거요?"

강찬이 피식 웃자 석강호가 비릿하게 웃었다.

"아! 오광택이가 전화 여러 번 했었소. 대장이 전화 안 받는다고 지랄하기에 지금 그럴 사정이 있다고 했고. 그 새끼가 보기보다 정이 있다니까."

석강호와 둘이 있자 뒤로 밀려 있던 일들이 하나둘씩 떠오르기 시작했다.

"사망자는 얼마나 된다던?"

"어? 뉴스에 나왔는데 몰랐소? 사망자는 하나도 없어요. 중상자가 5명인데 생명에 지장 있는 수준은 아니라고 벌써 발표했소. 김 팀장도 그렇게 말하고."

다행이다. 그렇다면 정말 다행이다.

"내일이라도 김 팀장 만나서 정보 얻고 거기에 맞춰서 움직이자. 개새끼들, 받은 건 돌려줘야지."

"그럽시다."

둘이서 함께 시간을 보냈다.

⚜   ⚜   ⚜

다음 날 병원에 들른 강대경과 유혜숙이 아쉬운 얼굴로 10시쯤 출근을 했다. 어제 하루를 꼬박 비워서 도저히 안 나갈 수가 없는 사정이었다.

"미안해, 아들."

그럴 리가?

"괜찮아요. 전 정말 괜찮으니까 편안하게 일 보세요."

"저녁에 올게."

"그러세요."

유혜숙은 앓고 난 사람처럼 핼쑥했지만, 눈에 생기가 돌고 있었다.

두 사람이 병실을 나가고 가장 먼저 찾아온 사람은 김형정이었다.

석강호까지 불러 셋이 앉았다.

"테러범들의 신원은 밝혀진 것이 없습니다. 지문, 인상착의, 몸에 난 상처나 문신까지 뒤졌는데 중국 쪽 특수팀이란 심증만 있지, 다른 건 발견하지 못했습니다."

그거야 당연한 일이다.

"이글라에도 연번이 모두 지워져서 확인이 어렵습니다. 물론 총기도 그렇구요. 현재는 양진우와 허하수가 가장 중심에서 역할을 한 것으로 보이는데 오늘 아침 둘 다 출국했습니다. 참! 강찬 씨."

강찬은 종이컵에 피운 담배를 끄며 김형정을 보았다.

"이지연이라고, 남산호텔에 근무하는 아가씨 말입니다."

그는 말없이 김형정의 다음 말을 기다렸다.

"오늘 오전에 목을 맨 채로 발견됐습니다. 어제 행사로 최종일까지 모두 동원됐던 터라 관심을 가지지 못했습니다. 동향 파악 중 확인했고, 현재 영안실에 있습니다. 미안합니다."

콰직!

강찬이 종이컵을 움켜쥐자 남았던 커피가 담뱃재와 섞여 시커멓게 흘러나왔다.

"양진우 그 개새끼! 지금 어디 있나요?"

김형정이 고개를 들어 강찬을 본 다음, 굳은 얼굴로 입을 열었다.

"미국, 뉴욕에 있습니다. 내일부터 라스베이거스에 있는 소유 주택에 머물 것으로 판단하고 있습니다."

대답을 마친 김형정이 나직하게 숨을 내쉬었다.

"여권 만들어 주실 수 있나요? 전에 주신 신분증하고 맞는 걸루요."

병실에 묵직한 기운이 돌았다.

석강호가 건네준 티슈로 손을 닦으면서도 강찬은 김형정에게서 시선을 돌리지 않았다.

"이번 행사로 강찬 씨는 전 세계의 주목을 받고 있습니다. 거기에 라노크 대사와 한국이 키운 비밀 요원이란 정보가 있어서 미국으로 입국하는 순간부터 특급 경계 대상이 됩니다."

김형정이 나직하게 한숨을 내쉰 후에 다시 입을 열었다.

"허하수 국회의장, 허상수 의원, 그리고 곽도영 보좌관, 양진우입니다. 양진우만 미국에 있고, 나머지 셋은 중국에 있습니다. 이들이 전부 한국으로 올 수 있도록 계획을 짜 보겠습니다."

"이지연을 죽인 놈은요? 양진우의 사조직 2개가 아직 남았다고 들었습니다."

김형정이 담배를 들었다.

"조사 중입니다."

마음이 약간 가라앉았으나 강찬의 눈은 아직 번들거렸다.

"병원에 있는 이지연의 모친은 국가가 지원할 수 있는 모든 지원을 아끼지 않겠습니다. 그러니 양진우와 허하수를 끌어들일 때까지 조금만 참읍시다."

"방법은 생각하고 계신 거죠?"

"여러 방면으로 알아보고 있습니다."

김형정의 의지를 보았고, 상황이 상황인지라 강찬은 두말하지 않았다.

"참! 제가 호텔에 전화기를 놔뒀는데 사고 때문에 그냥 왔어요."

"증거 보존 차원에서 객실을 통제하고 있어서 그대로 있을 겁니다. 가능한 한 빨리 병실로 가져다 드리죠. 석 선생 전화기도 거기에 있겠군요."

"맞네요."

담배 연기를 뿜어낸 김형정이 강찬을 보았다.

"원장님, 경호실장님도 벼르고 있습니다. 문제는 중국과 미국의 외교적 압박인데, 감당할 각오도 하고 있습니다."

"중국과 미국이 왜요?"

석강호가 불쑥 끼어들었다.

"양진우는 미국 국적을 가지고 있고, 허상수는 중국 국적자입니다. 원래 타국의 국적을 취득하면 우리나라 국적은 자동으로 소멸되는데 중국에서 비밀리에 준 것으로 판단하고 있습니다."

"국회의원이 중국 국적자라구요?"

"그렇습니다."

석강호가 얼굴을 우그러트렸다.

"돈은 우리나라에서 다 벌면서 미국 국적을 가지고 있는 놈도 그렇지만, 정치를 한다는 새끼가 중국 국적을 가지고 있다니."

"선거에서 당선되면 취득합니다. 신고를 안 하니 따로 확인하기도 어렵고, 그 사실을 밝히면 모든 법안을 통과할 때 문제를 야기해서 모른 척 넘어가고 있었습니다."

"이 새끼들이 가만 보니까 미국과 중국에 충성하는 애국

자들이었네."

실없는 웃음이 나왔지만, 더 할 말은 없었다.

"필요하다면 동남아시아로 움직이게 할 생각입니다. 그곳은 아무래도 중국과 미국의 입김이 바로 작용하지 않아서 작전을 펼치기가 수월하지요."

"그건 실장님께서 알아서 해 주세요."

"알겠습니다."

점심시간이 되었다.

셋이서 갈비탕을 주문해서 먹었는데 맛은 그저 그랬다.

식사를 마치고 김형정은 바로 일어섰다.

그가 나가고 난 다음이었다.

"넌 집에다 뭐라고 그랬냐?"

"출장 중이오."

"선생이 출장 간다는 걸 믿냐?"

"평소에 워낙 품행이 바르지 않소. 거기에 국가정보원에서 천만 원 가까이 월급까지 찍어 주고. 몸조심하라고 신신당부합디다. 푸흐흐."

⚜ ⚜ ⚜

라노크의 보좌관이 방으로 들어와 책상으로 급하게 다가왔다.

"정보총국에서 세흐토 브니므 부두목 둘을 제거했답니다."

라노크가 들여다보던 서류를 덮고 자세를 바로 세웠다.

"내가 원하는 정보를 줄 때까지 타협은 없다. 두목도 속히 제거하도록. 이 기회에 세흐토 브니므도 고개를 숙이게 할 필요가 있다."

"그렇게 전하겠습니다."

"루이는 좀 어떤가?"

"일주일이면 퇴원한다고 들었습니다. 그런데."

"안느가 거기 있나?"

"그렇습니다."

펜을 책상에 올려놓으며 라노크가 입 끝을 살짝 움직였다.

"나쁘지 않지."

아쉬움이 그의 얼굴을 스치듯 지나간 다음이었다.

"우양견우, 허하수, 허상수의 동태 파악하고, 중국, 미국, 영국의 움직임과 세흐토 브니므의 제거는 매번 보고하도록."

"알겠습니다."

보좌관이 방을 나가자 라노크가 커다랗게 숨을 내쉬었다.

"호랑이를 소개해 줬더니 늑대에게 마음을 빼앗겼구나."

고개를 살짝 저은 그는 다시 서류를 펼쳤다.

⚜️　　⚜️　　⚜️

드르륵.

석강호와 둘이 잡담을 나누고 있을 때 병실 문이 열리며 검은 양복을 입은 사내 넷이 들어섰다.

서양 냄새를 풍기는 동양인, 왼손 엄지 위의 문신.

전에 남산호텔에서 팔을 부러트렸던 놈이 모두 다섯이 들어왔다고 하더니 남은 넷이 찾아온 거다.

석강호와 함께 침대 앞 의자에 앉아 있던 강찬이 피식 웃자 앞에 선 놈이 양손을 들어 손바닥을 보였다.

"오해가 없었으면 합니다."

한국말이다.

"하고 싶은 말을 해."

"잠깐 앉아도 되겠습니까?"

강찬이 고갯짓을 하자 놈이 의자를 가져와 맞은편에 앉았다.

다른 세 놈은 문 앞에서 손을 맞잡고 서 있었다.

"자비에(Xavier)입니다. 담배 피워도 됩니까?"

"뒤에 있는 놈들에게 커피도 타라고 해. 다 같이 한 잔 마시게."

자비에가 고개를 돌려 명령하자, 한 놈이 바로 온수기 앞으로 움직였다.

그런데 놈이 쭈뼛거렸다.

"봉지에 있는 걸 컵에 모두 부어."

강찬이 프랑스어로 알려 주자 놈이 제대로 커피를 타기 시작했다.

석강호가 건네준 담배를 셋이 물었다.

"부탁이 있습니다."

부하 한 놈이 어색한 동작으로 커피를 놓아주고는 문 앞으로 갔다.

이 새끼들이 나한테 부탁을 해? 제정신인가?

강찬은 자비에와 뒤에 선 세 놈을 슬쩍 보았다.

"라노크가 간부 소탕령을 내렸습니다. 벌써 부두목 둘과 지역 간부 다섯이 죽었는데, 두목은 갓 오브 블랙필드가 이 일을 중재해 주기를 바랍니다."

처음 듣는 이야기다.

"만약 이 상태가 지속된다면 우리도 조직의 모든 것을 걸고 라노크와 주변 인물들에 대한 암살을 시작할 겁니다."

커피를 한 모금 마시던 강찬은 피식 웃은 다음, 입을 열었다.

"자비에, 난 라노크에게 이래라저래라 할 힘이 없어. 그러고 싶지도 않고. 그러니까 차 마시고 돌아가."

하지만 강찬이 내려놓은 종이컵을 바라보던 자비에는 물러나지 않았다.

"중재에는 대가가 있음을 아실 겁니다. 갓 오브 블랙필드가 원하는 것을 말하십시오."

"원하는 거 없어. 너희가 양진우와 거래를 한 이상 나와의 인연은 그걸로 끝이야."

"양진우를 잡아다 드리면 어떻겠습니까?"

뭐라는 거야?

워낙 뜻밖에 나온 제안이라 강찬은 멍하니 보고만 있었다.

"양진우의 아들 하나가 프랑스에 있고, 딸과 다른 아들은 미국에 있습니다. 그 셋, 그 셋의 배우자, 그들의 자녀 셋의 목과 양진우를 잡아다 드리죠. 어떻습니까?"

파격적인 조건인데 선뜻 받아들이기는 어렵다.

강찬은 담배를 하나 더 꺼냈다.

"우리도 양진우에게 속은 부분이 있습니다. 우리가 자녀들을 살해하고 소문을 퍼트리면 양진우는 한국으로 반드시 도망 오게 됩니다. 그때 잡아다 드리죠. 대신 라노크와의 관계가 원만하게 될 수 있도록 중재 부탁합니다."

찰칵.

담배에 불을 붙이면서 강찬은 잠시 고민했다.

라노크는 고작 무기를 팔았다고 세호토 브니프에 대한 소탕령을 내릴 정도로 단순한 사람이 아니다.

"라노크가 너희를 공격하는 이유가 뭐야?"

"그것까지는 정확하게 모릅니다. 당신이 그를 만나서 원하는 바를 알아주시면 더욱 좋겠습니다."

이 새끼는 한국말 발음은 좋은데 말투가 어색하다.

강찬은 문득 팔을 부러트렸던 놈을 떠올렸다.

"너희가 왜 여태 한국에 남아 있는 거지? 이지연을 죽인 게 너희냐?"

강찬의 눈이 번득하는 순간 석강호가 인상을 찌푸리며 상체를 세웠다.

"우린 아닙니다. 우리가 남아 있는 건."

자비에가 급하게 강찬의 말을 받았다.

"양진우가 건네주기로 한 데이터를 받기 위해서였습니다."

강찬의 눈빛이 풀리지 않자 자비에가 잠시 망설이다가 다시 입을 열었다.

"허상수가 국방 담당 의원입니다. 한국의 군사 배치에 관한 정보를 양진우가 받아서 건네주기로 했었습니다."

"양진우에게 속았다는 게 그거냐?"

"그게 가장 큽니다."

"씨발 새끼들."

석강호가 욕을 툭 뱉으면서 담배를 꺼내 들었다.

"연락은?"

"전화번호를 놓고 가겠습니다."

"알았어. 가 봐."

"조속한 처리 부탁드립니다."

강찬이 날카롭게 노려보자 자비에가 얼른 명함을 놓고 몸을 일으켰다.

쯧!

"어후! 이 새끼들, 어디 상대할 놈들이 없어서 저런 갱단 놈들과 손을 잡은 거지? 이걸 국가정보원이 모를 수가 있는 거요?"

"그러게 말이다."

"이따가 김 팀장 온다고 했으니까 그때 물어봅시다. 하필이면 둘 다 전화를 놓고 와서."

뭔가 어수선했지만, 이런 싸움에 끼어들고 싶지는 않았다.

⚜   ⚜   ⚜

병원 밖으로 나온 자비에가 차에 올라타며 전화를 걸었다.

"지금 막 만나고 나왔습니다. 감정이 별로 좋은 것 같지 않아서 어떻게 될지는 모르겠습니다."

[서둘러야 돼. 라노크가 이미 독을 품었어. 양진우 그 미친놈 때문에 조직이 휘청인다. 라노크가 정보총국에 제거

지시를 내린 것도 놀랍지만, 누구도 그의 지시에 토를 달지 않으려는 것이 더 놀라운 일이다. 우리가 모르는 어떤 힘이 라노크에게 있어. 우선 프랑스에 있는 양진우의 아들놈과 그놈 처, 그리고 애새끼의 모가지를 아파트에 걸어 놓을 테니 협상에 사용해라.]

"알겠습니다."

[갓 오브 블랙필드를 거스르지 마. 그가 키다. TV에서 라노크가 보인 미소의 의미를 잊지 마라. 심지어 그의 딸이 활동하기 시작한 시점이 갓 오브 블랙필드를 만난 시점이라는 것도 잊어선 안 되고. 서둘러라.]

"방심하지 않겠습니다."

[내가 양아들인 너를 굳이 한국에 보낸 의미를 알고 있겠지?]

"그렇습니다."

통화를 끝낸 자비에가 전화기를 품에 넣었다.

"필립 이 멍청한 새끼, 어디 있나?"

"서울 외곽 호텔에 넣어 두었습니다."

"쓰레기 같은 놈. 한국에 와서 단 한 가지 임무도 수행 못하고 팔이 부러져? 오늘 중으로 모가지를 잘라서 근처에 묻어 버려."

"알겠습니다."

이를 꽉 깨문 자비에가 창밖으로 시선을 두었다.

⚜ ⚜ ⚜

드르륵.

문이 열리자 석강호와 강찬이 딱딱하게 굳었다.

"선생님!"

김미영이었다.

아직은 수업 중이어야 맞는데?

천만다행이라면 강찬이 담배를 피우지 않고 있다는 거였다.

"어쩐 일이냐?"

"찬이 보러 왔어요. 선생님은 왜 환자복을 입으셨어요?"

김미영은 눈이 많이 가라앉았지만, 붓기는 아직 남아 있었다.

"응! 지방에 갔다가 좀 다쳤다. 그런데 너 수업시간 아니냐?"

"오늘 모의고사 보느라고 일찍 끝났어요."

"그랬구나."

김미영이 다가오다가 탁자에 놓인 종이컵을 보고 놀란 얼굴을 지었다.

"선생님이 피우신 거예요?"

석강호가 '어? 어?' 하며 놓여 있던 담배와 라이터를 슬쩍 집어 들었다.

"몸이 아파서 이만 병실로 가 봐야겠다. 이따 보자."

강찬이 작게 한숨을 내쉬는 사이에 석강호가 어색하게 병실을 나갔다.

"선생님, 너무하신다."

종이컵을 쌓아서 쓰레기통에 버린 뒤 김미영은 창문을 좀 더 열려고 애썼다.

"놔둬. 그게 제일 크게 열어 놓은 거야. 시험은 잘 봤어?"

"응!"

"잘했다."

어제 울고불고 병원까지 왔는데 성적이 떨어지면?

김미영 모친의 서늘한 표정이 단박에 떠올랐다.

"저기, 어제 아빠가 집에 가셔서 나보고 많이 물어보셨다."

"뭘?"

"찬이 좋아하는 거냐고."

얘는 뭐라고 답했을지 가늠도 안 된다.

"궁금하지?"

"응."

"그래서 내가 유학 같이 가기로 했던 거랑 다시 서울대학교 가기로 한 거, 다 말씀드렸어."

'미치겠네.'

강찬은 실없는 웃음이 터져 나오고 말았다.

"왜?"

"아니. 솔직히 말씀드렸다니까 좋아서."

"응! 아빠도 좋아하셨어."

그 근엄한 얼굴로? 강찬은 표정을 들키지 않으려 애쓰면서 김미영의 말을 들어주었다.

정신과 육체의 괴리쯤 될까?

방학이 끝나고 김미영은 부쩍 성숙해진 모습이었다.

진한 겉눈썹과 기다란 속눈썹. 원래 얘도 눈은 컸으니까 그건 그렇고.

젖살이 빠진 것처럼 어린 티가 가신 데다, 원래 가슴 크고, 몸매도 나쁘지 않아서 얼핏 고등학생으로 보이지는 않았다.

그런데 전교 1등을 도맡아 하고 서울대학교 입학까지 쉽게 생각하는 아이가 정신연령은 갓 중학교 졸업한 수준이다. 어쩌면 그보다 못한가?

조잘조잘.

양진우, 허하수, 그리고 자비에 때문에 올라왔던 짜증이 김미영의 수다를 들으며 조금씩 풀렸다.

학생 식당에서 손을 잡아 줄 때. 독기가 솟구쳤던 것이 그렇게 가라앉았던 적도 처음이었다.

"왜?"

강찬이 빤히 바라보고 있자 김미영이 조잘대던 입을 멈추고 의아한 표정을 지었다.

"그냥. 보고 있으니까 좋아서."

"ㅎㅎㅎㅎ."

이 웃음도 이제 적응이 됐는지 개성처럼 보인다.

그때였다.

드르륵.

문이 열리고, 은소연이 들어서다 강찬과 김미영을 번갈아 보았다.

"들어와."

강찬이 뒤를 보았으나 은소연은 혼자 온 모양으로 바로 병실 문을 닫았다.

김미영이 자리에서 일어나 은소연을 맞았다.

"안녕하세요?"

"안녕하세요?"

둘이 어색한 인사를 주고받은 다음이다. 은소연이 과일을 커피 잔이 있는 테이블에 올려놓았다.

김미영은 은소연을 TV에서 봤던 게 분명했다.

"안 바빠?"

"오후까지 잠깐 짬이 났어요. 어제 미쉘 이사님이 여기 계신다고 해서 가는 길에 들른 거예요."

"앉아. 참! 여긴 친구 김미영. 이쪽은 은소연."

어색하게 둘이 고개를 주억거렸다.

"저 TV에서 봤어요. 신기해요."

은소연이 김미영을 향해 보기 좋은 미소를 지었다.

분위기가 많이 바뀌었다. 전보다 훨씬 세련된 느낌도 있고, 어딘지 눈동자가 깊어진 것도 같고. 비교하는 게 이상하지만 제라르의 분위기라면 딱 맞을 것 같았다.

"앉아."

"앉으세요, 언니."

은소연이 자리에 앉으려 할 때였다. 김미영이 얼른 온수기로 가서 커피를 탔다.

"내가 할게요."

"아니에요, 언니. 제가 한 거니까 그냥 할게요."

은소연은 주춤거리며 자리에 앉은 다음 강찬을 살폈다.

"좀 괜찮으세요?"

"많이 다친 거 아닌데, 뭐. 드라마는 어때? 할 만해?"

"지금도 믿기지가 않아요. 다음 주가 첫 방송이라 그런지 잠도 안 오고, 불안하기도 하구요. 우리 연기자 전부 그래요."

"그럴 게 뭐 있어? 열심히 했잖아."

"네."

김미영이 커피를 2잔 가져다가 강찬과 은소연 앞에 놓아주었다.

"미영 씨는 안 마셔요?"

"전 커피 잘 못 마셔요. 몇 번 먹어 봤는데 잠도 안 오고 해서요."

"예쁘게 생겼어요."

"ㅎㅎㅎㅎ."

은소연이 모처럼 밝게 웃으며 김미영을 보았다.

"언니는 TV에도 나오는데요. 전 그런 사람 정말 부러워요. 으으, 생각만 해도 너무 떨리잖아요."

"나도 그래요."

"언니가요? 그런데 전에 보니까 전혀 안 떨던데요?"

"아니요. 그런 거 찍기 전에 화장실에서 정말 많이 떨어요. 어떨 때는 손이 너무 떨려서 못 나갈 때도 있어요."

"그런데 어떻게 화면에는 그렇게 나와요?"

"그게 나도 이상해요. 막상 시간이 돼서 카메라에 불이 들어오면 그 순간만 딱 멈추는 거예요."

"와! 신기하다."

"그렇죠? 내가 생각해도 그래요."

둘이서 워낙 재미있게 수다를 떨어서 강찬은 잠시 지켜보기만 했다.

5분쯤 지난 다음이었다.

"저 이만 가 볼게요."

은소연이 아쉬운 듯 몸을 일으켰다.

김미영도 비슷한 얼굴이었다.

"미영 씨, 우리 다음에 또 봐요."
"예, 언니. 저 사실 언니가 없어서 언니 같은 언니가 한 분 있으면 했었어요. 친구들한테 막 자랑도 하고. 같이 나가면 사람들이 다 쳐다볼 거잖아요."
"미영 씨가 불러 주면 언제고 갈게요."
"정말요?"
둘이서 전화번호까지 교환했다.
강찬은 어쩐지 복잡한 일에 휘말리는 느낌이었다.

제4장

엉뚱한 전개

김미영이 학원으로 가고 나자 강찬은 아예 석강호의 병실로 움직였다.

"진즉 이 방에서 지낼 걸 그랬다."

"그러게 말이오. 둘이 담배라도 피우고 있는데 미영이가 들어왔으면 어쩔 뻔했소?"

생각만 해도 뒷수습 빡빡한 소리다.

"누가 또 오는 거 같던데요?"

"연기자 한 명 다녀갔어. 아후, 내일 봐서 퇴원해야겠다."

"그러지 말고 하루 더 같이 있읍시다."

좋은 것을 권한다는 듯한 말투여서 강찬은 웃음을 터트리고 말았다.

그때, 강찬의 병실이 열리는 소리가 들렸다.

"누가 왔나 보우."

"누구지?"

강찬이 억지로 몸을 일으켰을 때였다. 문이 열리면서 김형정이 들어왔다.

"벌써 오셨어요?"

"5시입니다. 전화기 전한다는 핑계로 퇴근했지요. 출출할까 봐 사무실 앞에서 삼계탕 3마리 싸 왔습니다. 여기, 강찬 씨. 그리고 이건 석 선생 전화기."

전화기를 받은 강찬은 고개를 절레절레 저었다.

부재중 전화, 문자 등이 전화기가 무거울 정도로 가득 담겨 있었다.

확인할 것도 없이 한칼에 모두 지워 버린 뒤에 셋이서 탁자에 둘러앉아 삼계탕을 먹었다.

확실히 이곳 배달 음식보다 맛이 있었다.

"어후! 우리 김 팀장님 사무실에 있으면 난 돼지가 되겠는데요?"

"석 선생이 오신다면 제가 바로 방을 빼겠습니다."

"푸흐흐, 책상에 온종일 앉혀 놓으면 무슨 짓을 할지 모릅니다."

모처럼 배불리 먹었다.

몸이 성한 김형정이 커피를 탔고, 강찬과 석강호가 대강

치워서 쓰레기통에 담아 두었다.

 탁자에 다시 둘러앉았을 때 강찬은 낮에 세흐토 브니므가 했던 말을 전했다.

 "결국, 라노크 대사가 먼저 움직였군요."

 "왜 그러는지 팀장님은 짐작하세요?"

 "그건 모르겠습니다. 하지만 그가 무언가를 원한다는 것만은 분명해 보입니다. 왜 그런 거 있잖습니까? 알아서 내놔라. 아니면 내놓을 때까지 죽여주마."

 "죽는 놈들이 뭘 원하는지 모르는데요?"

 김형정이 재미있다는 미소를 담았다.

 "핑계 김에 죽여 버릴 생각인 거죠. 경고, 복수. 두 가지가 한꺼번에 해결되잖습니까? 어느 정도 화가 풀리면 그때 요구하겠죠. 아마 세흐토 브니므가 숨도 안 쉬고 내놓을 겁니다. 다음번에 비슷한 경우가 생기면 글쎄요? 그때도 라노크 대사가 관련된 일에 무기를 팔 수 있을까요? 아마 절대 못 팔 겁니다."

 듣고 보니 그럴 것도 같았다.

 "햐! 그 양반, 무서운 사람이었네."

 "그렇긴 하지."

 강찬도 그 말에 동의했다.

 "프랑스에 아들이 있는 건 맞습니다. 그곳에서 해외로 빼돌린 자금을 관리하는데, 정확한 규모는 아직 파악하지 못하고 있습니다."

"미국에도 있다고 하던데요?"

"양진우의 아들이 모두 6명입니다."

"딸도 있구요?"

"딸은 하나뿐인데 미국에 있죠. 사실 6남 1녀를 모두 5명이 낳았습니다."

하여간 양진우는 하나에서 열까지 당최 이해되는 구석이 없는 새끼다.

"원장님께 강찬 씨의 뜻을 분명하게 전했고, 여권도 일단 신청은 해 놓았습니다. 아마 조만간 양진우가 들어올 수밖에 없는 방법을 만들어 낼 겁니다."

"내일쯤 라노크를 만나볼 생각이에요."

"벌써 퇴원하려구요?"

"예."

석강호는 서운하고, 김형정은 놀란 얼굴이었다.

아무튼, 움직일 수 있는데 병원에 있기는 싫었다.

한 시간쯤 이야기를 나누고 난 후에 병실에서 찾는 소리가 들려서 강찬은 얼른 몸을 일으켰다.

문을 열고 나가자 간호사실로 향하던 유혜숙의 뒷모습이 보였다.

"어머니!"

"아들! 병실에 없어서 찾으러 가는 길이야. 어디 갔었어?"

"심심해서 옆 병실에 갔었어요. 일찍 오셨네요."

"걱정되잖니. 아빠가 맛있는 초밥 사 주셔서 가져왔어. 얼른 들어가자."

"예."

어설프게 삼계탕 먹었다고 했다가 병실에 붙은 석강호 이름이라도 볼까 봐 강찬은 서둘러 유혜숙을 챙겼다.

"봐! 맛있겠지, 아들?"

맛보다는 배 터지게 생겼다.

"얼른 먹어 봐."

"예. 어머니도 드세요."

강찬은 젓가락을 들어 초밥을 한 점 덕었다. 맛은 있었는데 그런다고 배가 고파지는 건 아니다.

"왜? 몸이 안 좋아서 그래?"

유혜숙이 걱정스러운 얼굴로 젓가락을 놓으려 했다.

"아니요. 정말 맛있어서 아버지 생각이 나서 그래요."

"이거 먹고 있으면 오실 때 치킨 사 오시기로 했어."

"예에?"

"아플 땐 잘 먹는 게 최고야. 모처럼 아빠가 큰맘 먹고 사주신 거니까 걱정 말고 마음껏 먹어."

저런 얼굴로 권하는 걸 어떻게 거부하겠나? TV 앞에서 기절까지 했을 정도로 걱정했다지 않던가.

그래! 어머니가 행복해하는 일이다!

이왕 먹는 거! 맛있게!

솔직히 삼계탕을 먹었다고 고백할까 했으나 실망할 유혜숙의 얼굴을 생각해서 강찬은 한 개, 두 개 사명감을 가지고 악착같이 먹었다.

"어! 정말 맛있네요."

"우리 아들이 이렇게 좋아하는걸! 앞으로는 엄마가 가끔사 줄게."

절로 고개가 저어지는 말이었으나 강찬은 억지로 웃어 보였다.

많이 먹었다고 배가 찢어지는 것도 아니고, 유혜숙이 저렇게 함께 먹으며 기뻐한다면 한 번쯤은 감당할 만한 일이다.

강찬이 몰래 숨을 조절할 때였다.

드르륵.

문이 열리더니 미쉘이 환한 얼굴로 들어섰다.

"어서 와요, 미쉘!"

"안녕하세요? 어머니?"

강찬은 미쉘의 손에 들린 상자를 보며 가슴이 철렁 내려앉았다.

"어머니, 이거 좀 드세요."

"이게 뭐예요?"

"케이크하고 샌드위치예요."

"어머, 고맙기도 해라. 저녁 전인 모양인데 어째요! 우린 지금 막 먹었는데. 이럴 줄 알았으면 조금만 있다가 먹을 걸."

"예, 어머니."

말이 길어지자 미쉘이 못 알아들은 척하고 강찬을 보았다.

"안 바쁘냐?"

정말 짧은 통역이다.

유혜숙이 당황해서 볼 때였다.

"어머니, 저 샌드위치 하나 먹을게요. 어머니는 케이크 드세요."

"미쉘은 영리한가 봐요. 어쩜 이렇게 한국말이 빨리 늘지요?"

"고맙습니다."

영리한 게 아니라 영악한 겁니다!

아차 할 때 미쉘은 이미 상자를 열고 있었다.

커피를 타고, 케이크와 샌드위치가 앞에 놓였다.

"아들, 아!"

강찬은 유혜숙이 떠 주는 케이크를 한 번 먹고는 배가 부르다는 핑계로 멀찍이 떨어져 있었다.

미쉘은 짧은 문장으로 얼마나 많은 것을 표현할 수 있는가를 증명이라도 하듯 샌드위치를 먹으며 유혜숙과 대화를 나눴다.

낮에는 김미영과 은소연의 수다를 듣더니 저녁이 되자 유혜숙과 미쉘의 수다를 듣는다.

"동대문 옷이 정말 괜찮아요."

"그건 알지요. 하지만 모르는 사람이 가면 당한다던데?"

"잡지사에 협찬하던 회사 옷, 그거 사러 가요."

"나한테 맞는 게 있을까요, 미쉘?"

"그럼요, 어머니."

무언가 덩굴이 뿌리부터 엉키는 느낌. 김미영과 은소연이 번호를 교환하더니 이젠 유혜숙과 미쉘이다.

강찬이 심오한 표정으로 한숨을 내쉬고 있을 때 강대경이 들어섰다.

양념 치킨 냄새를 맡으며 강찬은 내일 반드시 퇴원하겠다고 굳게 결심했다.

⚜ ⚜ ⚜

밤 8시까지 함께 있던 세 사람은 간호사의 주사가 있자 자리에서 일어났다.

혼자 남은 강찬은 소화제를 얻으러 간호사들이 있는 카운터로 갔다가 움찔했다.

보쌈을 맛있게 먹으며 권하는 거다.

화들짝 놀라 소화제를 부탁해서 먹은 후에 음식 냄새를 피해 석강호에게 움직였다.

 소화제를 먹었으니 담배를 하나 피우면 살 거다.

 드르륵.

 석강호의 병실을 열었던 강찬은 잠시 움직이지 못했다.

 김태진과 김형정, 석강호가 사이좋게 앉아 족발과 보쌈을 먹으며 강찬을 반겼다.

 "전화 안 받아서 직접 왔지. 어서 와. 간호사실이랑 경비실에도 넉넉하게 챙겨 줬고 자네 몫까지 푸짐하게 싸 왔어. 기다리려다가 먼저 먹은 걸 가지고 뭐 그리 서운한 얼굴을 해? 자네 건 아예 포장도 뜯지 않았다니까."

 "이거요. 얼른 오쇼."

 하마터면 탁자를 걷어찰 뻔한 것을 초인적인 의지로 참아 낸 강찬은 잠시 방으로 몸을 피했다.

 "후우."

 강대경이나 유혜숙이 오지는 않을 것 같아서 담배를 하나 피워 물자 속이 조금 편해졌다.

⚜　　⚜　　⚜

 "그래서 아까 표정이 그랬구만!"

 김태진은 이제야 이해가 간다는 투로 웃었다.

"TV로 보다가 얼마나 걱정이 되던지. 이 친구까지 연락이 안 되다가 오늘에서야 겨우 통화가 되어서 바로 달려왔지. 가끔은 소식도 전하고 살자. 석 선생도 그러는 거 아니요."

"그럴게요."

김태진의 진심이 담긴 말이어서 강찬은 고개를 끄덕였다.

"오광택이 나한테도 한 열 번쯤 전화했었어. 기록에 남아 있었을 텐데 나중에 전화 한번 해 줘."

"기록들이 너무 많아서 제가 한 번에 싹 지웠거든요. 이따가 봐서 전화하지요."

"그래. 아무리 바빠도 안부는 전하고 살자."

말을 마친 김태진이 의자에 등을 기대고는 강찬을 보았다.

"오늘 전 실장님을 뵀다. 자네 얘길 하시더군."

"제 얘기를요?"

"그래. 느닷없이 불러서 자넬 어떻게 생각하느냐? 앞으로 자네 같은 친구가 많이 나와야 한다. 절대로 프랑스에 빼앗기면 안 된다."

김태진이 고개를 설레설레 저으며 말을 이었다.

"그 양반은 나이를 먹어도 어떻게 변하는 게 없어. 자네가 나랑 강찬이랑 친분이 두텁다고 했다면서?"

"처음에 소개받기 위해서 자네에게 부탁했었다는 말은 했지. 만난 때부터 그 뒤의 이야기를 하라시니까. 그랬더니 자네랑 친분이 두텁냐고? 그래서 네, 그랬지."

김태진이 김형정을 힐끔 보고는 웃고 말았다.

살아 있다는 건 참 좋은 일이다.

그것도 좋은 사람과 함께라면.

⚜　　⚜　　⚜

아침에 강대경과 유혜숙이 병원에 들러 출근한 다음, 강찬은 유헌우에게 퇴원하겠다는 뜻을 밝혔다.

"움직이는 게 아직 불편할 텐데 괜찮겠습니까?"

"예. 이렇게 누워만 있는 거라면 차라리 집이 나을 것 같아서요."

"그럽시다. 하지만 어지럽거나 구토가 나올 거 같으면 바로 입원해야 합니다."

"그럴게요."

유헌우가 강찬의 얼굴을 장난처럼 들여다보았다.

"TV에 나오는 모습이 훨씬 멋있어 보이던데요? 첫날 기자들 피하느라고 혼났습니다. 관계자들이 막아 준 덕분인지 그때 이후론 잠잠하지만, 아무튼! 큰일 했습니다. 강찬 씨를 치료했다는 것에 자부심을 느낍니다."

"안 어울리는 거 아시죠?"

유헌우가 풀썩 웃은 다음 강찬의 팔뚝을 툭 치고 입원실을 나갔다.

그런데 강찬은 당장 퇴원을 하지 못했다. 옷이 없는 거다.

잠시 고민하고 있는데 문이 열리고 석강호가 들어왔다.

"나두 퇴원하기로 했소."

"괜찮겠냐?"

"대장도 없는 병실에 혼자 있어 뭐할 거요? 그냥 몸살 좀 난 거 같다고 하고 집에 있는 게 훨씬 낫지요. 저녁에 같이 미사리 가서 차나 한 잔씩 합시다."

"그래. 차라리 그게 낫겠다. 이건 누가 언제 올지 모르니 당최 불편해서 어디 맘 놓고 담배나 피겠냐?"

둘이 결론을 내렸는데 당장 입고 갈 옷이 없는 건 마찬가지였다.

결국, 최종일이 두 사람의 옷과 신발을 사다 주었다.

⚜ ⚜ ⚜

집으로 돌아오자 이전까지의 일들이 싹 정리되는 느낌이었다.

익숙한 건물, 엘리베이터, 그리고 현관, 거실, 방.

강찬은 방으로 들어가 책상에 앉았다.

유라시아 철도에 한국이 포함되었고, 발표가 끝났다.

한바탕 꿈을 꾸고 일어나 침대에 앉은 느낌도 들었다.

왜 그럴까?

모든 것이 가라앉아 있는 것처럼 조용한데, 가장 먼저 이지연의 모습이 떠올랐다.

찻잔을 내려놓으면서 떨리던 손.

불러 세웠을 때 지치고 겁먹었던 눈.

어린아이처럼 맹한 얼굴로 언니의 억울한 죽음을 밝혀 달라고 팻말을 들었던 여자.

그런 여자가 언니의 억울한 죽음을 밝히지도 못한 채 밧줄에 걸려 죽었다.

얼마나 무섭고, 억울했을까?

강찬은 천천히 숨을 들이마셨다가 내뱉었다.

아무리 돈이 많고, 힘이 있어도 해서 되는 짓과 절대로 하면 안 되는 짓이 있는 거다.

강대경을 습격했고, 유혜숙을 노린 것도 모자라 불쌍한 자매를, 갖은 고생이 다 끝나서 이제 둘이 힘껏 벌어 홀어머니와 셋이 처음으로 행복을 꿈꾸던 그 어린 여자 둘을 벌레처럼 죽였다.

"양진우."

강찬은 모니터에 양진우가 있는 것처럼 입을 열었다.

"넌 정말 사람 잘못 건드린 거야, 이 개새끼야."

이를 꽉 깨문 채로 모니터를 노려보던 강찬이 피식 웃으며 말을 이었다.

"개새끼, 밥 잘 처먹고 있어라."

 살면서 셀 수도 없이 많은 싸움을 했지만, 이 새끼처럼 미운 새끼는 처음이었다.

 강찬은 처음부터 다시 시작하겠다는 각오를 세웠다.

 하나씩, 그리고 완벽하게.

 늘 그래 왔지만, 이번만큼은 완벽하게 마무리를 할 생각이었다.

 전화기의 배터리를 교체한 후 강찬은 통화 버튼을 눌렀다.

 [강찬 씨.]

 "대사님, 몸은 좀 어떠십니까?"

 [나야 강찬 씨 덕분에 거뜬합니다. 그렇지 않아도 오늘 오후나 내일 오전에 가 보려던 참입니다.]

 "저 퇴원했습니다."

 [강찬 씨는 늘 상상을 뛰어넘는군요.]

 "대사님, 괜찮으시면 잠시 뵙고 싶습니다."

 [얼마든지요. 어디서 뵐까요?]

 "대사님이 편하신 곳으로 하겠습니다."

 [당장 강찬 씨의 얼굴이 너무 알려져서 호텔은 어렵고, 오늘은 제 사무실이 좋겠습니다.]

 "그러죠. 언제가 편하세요?"

 [점심이나 같이할까요?]

"알겠습니다. 12시까지 찾아뵙겠습니다."

전화를 끊고 난 강찬은 거실로 나가 천천히 몸을 풀었다.

파편에 찍힌 상처는 이미 딱지가 앉았다. 하지만 커다란 시멘트 덩어리에 맞은 자리는 그야말로 실컷 두들겨 맞은 것처럼 뻣뻣했다.

'끄으응.'

굳은 몸은 풀어 준다.

뼈가 부러졌거나 근육이 찢어져 나간 것이 아니라면 스트레칭만큼 확실하게 몸이 풀리는 것은 없었다.

무리하는 거 맞다. 쉬는 게 옳을 수도 있다.

그러나 그렇게 늘어져 있기에는 시간이 너무 아쉬웠다.

30분 정도 몸을 풀어 준 강찬은 옷을 갈아입고 아파트를 나섰다.

몸뚱이가 악을 써 댔지만, 늘 그랬던 것처럼 깨끗하게 무시했다.

'끄응, 주인을 잘못 만난 거야.'

강찬은 택시를 향해 손을 내밀었다.

⚜ ⚜ ⚜

"강찬 씨!"

라노크를 보자 웃음이 나왔다.

프랑스식으로 안고 볼에 소리만 요란한 키스를 나누었는데, 알지 못할 동지 의식이 흐르는 느낌이었다.

"앉읍시다. 식사 전에 간단하게 차를 한잔하지요."

라노크가 긴 팔로 탁자를 가리키자 보좌관이 홍차를 따라 주었다.

몸 상태에 관한 이야기를 나눈 다음이다.

강찬은 자비에가 방문했었던 일에 관해 라노크에게 있는 대로 털어놓았다.

"자비에는 세호토 브니므의 우두머리 파브릭스의 양아들입니다. 잔인한 것으로 파브릭스를 누르는 유일한 후계자이지요."

"후계자가 많은가요?"

라노크가 고개를 끄덕였다.

"파브릭스가 오래 살 수 있는 보험이지요. 양아들, 부하들끼리 견제하는 바람에 누구도 그를 건드리지 못합니다. 역대 가장 영악하고, 잔인한 데다, 또 가장 악랄한 두목이 파브릭스입니다."

강찬은 고개를 끄덕이며 차를 마셨다.

그런 놈이 라노크에게 목숨을 구걸하고 있는 거다.

그럼 이 구렁이는 얼마나 영악하고, 잔인한 데다, 악랄한 걸까?

"내가 파브릭스에 원하는 정보는 단 한 가지입니다."

라노크가 정보총국에서도 얻지 못한 정보가 뭘까? 강찬은 진심으로 궁금해서 다음 말을 기다렸다.

"세호토 브니므가 구입한 C4와 이글라의 구입처. 단지 그것뿐입니다."

고개가 갸웃한 답이었다.

"그 정도라면 정보국이나 정보총국에서 얼마든지 얻으실 수 있지 않겠습니까?"

"그렇습니다."

강찬은 천천히 숨을 들이마셨다.

판매자를 지켜 주는 것은 무기 중개상의 첫 번째 원칙이고, 발설할 경우, 그 응징이 마약 거래는 비교할 바가 안 된다.

이 구렁이는 김형정의 말대로 세호토 브니므를 완벽하게 두들겨 놓고 이야기를 진행하려는 거다.

"그렇게 되면 세호토 브니므는 판매자와 전쟁을 치러야 할 텐데요."

"그건 그들이 선택할 문제지, 내 문제는 아닙니다. 다만, 내가 참석하는 행사에 그런 물건을 팔았다는 것에 대한 응징은 확실하게 해 줘야겠지요. 다시는 이런 일이 일어나지 않도록 말입니다."

강찬이 풀썩 웃자 라노크가 옅은 미소와 함께 말을 이었다.

"강찬 씨는 강찬 씨의 방식대로, 나는 내 방식대로 싸우는 겁니다. 그래서 무서울 때가 있습니다. 강찬 씨가 내 방식의 싸움까지 해낸다면 난 상대가 되지 않을 테니까요."

"가능하면 대사님과는 싸울 일이 없었으면 싶습니다."

"그건 저 역시 마찬가지입니다."

태어나서 처음으로 세흐토 브니므가 안됐다는 생각을 했다. 놈들은 양진우의 자식들 목을 잘라서라도 위기를 모면하려 하는데 무기 판매상의 이름을 실토하라는 건, 지금까지 해 왔던 문신을 지우는 것보다 치욕스러운 일이 되는 거다.

"강찬 씨."

찻잔을 내려놓은 라노크가 강찬을 불렀다.

"세흐토 브니므와 중재를 하시겠습니까?"

"제가 두목이라면 무기 판매상의 이름을 실토하지는 않을 겁니다."

"그렇겠지요."

또 무슨 소리를 하려고 이러지?

"자비에를 두목에 앉히면 제가 이쯤에서 참는다고 하십시오."

"대사님, 왜 그러시는지 여쭤 봐도 됩니까?"

"자비에는 미국 정보국의 요원입니다. 미국이 프랑스에 심으려고 꽤 오랜 시간 공들인 인물이지요."

왜 이렇게 복잡하게 사는 거지? 강찬은 픽 하고 헛웃음이 나왔다.

"그렇다면 그가 두목이 되면 안 되는 거잖습니까?"

라노크가 의미심장하게 웃은 다음 입을 열었다.

"그가 허상수에게서 받은 군사정보를 미국에 넘길 겁니다. 미국이 원하는 건 무기 중개상의 명단, 거래 내역, 그리고 각국의 군사기밀이니까요. 우린 일본과 중국을 싸움 붙일 겁니다."

기가 막힌 대답이었다.

화가 나서, 다음에는 이런 일이 없도록 세호토 브니므에게 경고 및 복수를 하는 줄 알았다. 그런데 그 속에 이런 계산이 있는 거다.

배우고 싶었다.

적을 죽이기만 하기보다는 저렇게 멋지게 이용할 줄 아는 사람이 돼 보고 싶었다.

세상 참!

구렁이가 부러워질 줄은 상상조차 못했다.

자리를 옮기자 직원들이 식사를 준비해 주고는 곧바로 사라졌다.

원래 프랑스 식사는 계속해서 음식이 나와야 맞는 거지, 이렇게 한 번에 다 내주고 자리를 비키지 않는다. 샐러드와 스테이크를 비벼 먹으란 뜻이 아니라면 자리를 비우라는 지시가 있었던 것이 분명했다.

"강찬 씨, 중국과 일본은 수단과 방법을 가리지 않고 달려들 것입니다."

라노크가 스테이크를 자르며 건넨 말이었다.

"특히 일본을 주목하세요. 그들은 중국과 달리 기댈 곳이나 물러날 곳이 없습니다."

"그건 저보다 정부가 나서야 할 일 같은데요."

"그렇긴 하지요."

냅킨으로 입을 닦은 후, 라노크는 포도주를 한 모금 마셨다.

"이제부터는 처절한 스파이전입니다. 강찬 씨도 이 점을 염두에 두는 것이 좋겠습니다."

"대사님, 제게 따로 하실 말씀이 있습니까?"

"지금은 아닙니다."

라노크가 의미심장한 미소를 지으며 다시 나이프와 포크를 들었다.

서양 놈들은 정말 이렇게 쉬었다 먹어도 괜찮은 건가? 식사라는 게 원래 딱 먹고 말아야 하는 건데. 이놈들은 이런 식으로 2시간씩 밥을 처먹는다.

⚜ ⚜ ⚜

라스베이거스의 호화로운 저택 2층.

미국에선 보기 드물게 창호 문에 온돌을 깔았고, 고급스러운 상을 방 가운데 놓았다.

양진우는 한 사내와 마주 앉아 있었다.

"양 회장, 중단했던 해저터널을 건설할 예정입니다."

"어쩐지. 바다 밑으로 고속도로와 기차를 낸다기에 이상하다 했더니 일본은 그때부터 유라시아 철도가 설립될 것을 알고 있었던 모양이군요."

양진우는 별로 관심이 가지 않는 얼굴이었다.

"해저터널 비용 100조는 전액 일본이 부담하겠습니다."

"흥, 이제 와서 한국으로 몰릴 물동량을 일본으로 가져가겠다? 그렇다면 한국은 그저 거쳐 가는 정류장쯤 되겠군요."

양진우가 입술을 길게 늘이며 커다랗게 숨을 내쉴 때였다.

"양 회장께 해저터널 공사를 전부 맡기겠습니다."

"한국 정부가 그걸 받아들이겠소?"

눈이 뒤집힐 제안이었으나 양진우는 코웃음을 치는 표정이었다.

"물론 한국 정부가 쉽게 승인하지 않을 것입니다. 하지만 야당이 과반을 차지하고 있지 않습니까?"

"그렇진 않아요, 가네마루 상. 아무리 과반을 차지하고 있다 하더라도 문재현은 국민의 엄청난 지지를 받고 있습니다."

"유라시아 철도는 당장 보이는 것이 없지요. 하지만 해저터널은 곧바로 한국의 모든 건설업체가 달려들 수 있는 일입니다. 한국의 국민들이 건설을 요구하게 만들면 됩니다."

가네마루가 달래는 듯한 표정으로 말을 이었다.

"일본은 본국의 방송과 언론을 통해 대대적으로 한국의 경제적 속국이 되었다는 보도를 떠들 것이고, 해저터널로 생길 수 있는 모든 경제 효과를 한국에 빼앗기게 되었다고 비판할 것입니다. 이 정도라면 한국 국민들은 충분히 만족하고 흥분할 것입니다."

양진우의 입끝이 살짝 올라오는 것을 가네마루는 놓치지 않았다.

"양 회장이 공사를 따낸 것으로 하고, 한국의 1군 건설사가 컨소시엄을 구성하면 더욱 좋습니다. 거기에 과반을 차지한 의원들이 공사를 요구하고 나서면 지금 정권은 이 일을 막지 못합니다. 사전 작업을 위해 10조를 내놓겠습니다."

"크흠."

"양 회장, 총리께서는 양 회장의 노고를 치하하는 의미로 바하마에 2조를 예치하겠다는 파격적인 제안도 내놓았습니다."

양진우는 관심도 없는 것처럼 창부을 향해 시선을 돌렸다.

침묵이 잠시 흐른 다음이었다.

"이 일로 한국에서의 전세를 역전할 수 있을 것입니다. 그리고 양 회장의 일을 막아서는 것은 그것이 무엇이든 일본의 정보국이 알아서 해결해 드리겠습니다."

양진우는 나직하게 숨을 들이마신 다음 입을 열었다.

"항상 느끼는 일이지만, 일본의 거시적인 계획과 판단은 도저히 한국이 따르기 어렵군요."

"대신 한국에는 양 회장이 있지 않습니까? 우리 일본은 늘 양 회장이 일본에서 태어나지 않은 것을 아쉬워하고 있습니다."

가네마루가 넉넉하게 웃은 다음 뒤를 돌아보며 손뼉을 한 번 쳤다.

드르륵.

문이 열리자 양복을 입은 사내 10명이 세모꼴로 납작 엎드려 있었다.

"코타로우."

"하이!"

가장 앞에 엎드린 사내가 고개를 바닥에 처박으며 답을 했다.

"앞으로 네가 모실 주인이다."

"하이! 하지메 마시테! 도조 요로시쿠!"

"일본 정보국 100년 동안 가장 뛰어난 요원입니다. 원하시는 것은 무엇이든 이뤄 드릴 것입니다."

양진우가 엎드린 사내를 보며 만족한 얼굴로 고개를 끄덕였다.

⚜　　⚜　　⚜

라노크와 헤어진 강찬은 오광택에게 전화를 걸었다.

[여보세요! 강찬! 너 어디야!]

"서대문. 전화기를 잃어버렸다가 이제 찾았다."

[하여간! 야! 그냥 들어가지 말고 얼굴 한번 봐!]

"그러자. 어디로 나올래?"

[남산호텔 어떠냐?]

"지금 당장은 불편하지. 어디 조용한 데 없겠냐?"

[조용한 데? 야! 그러지 말고 그냥 방 얻자. 요즘은 조용하게 커피 마실 만한 곳이 거의 없어.]

이상하게 남산호텔을 떠날 방법이 없다.

"알았다. 지금 출발할 거니까 한 30분 걸릴 거다."

[예, 예. 처오기나 하십쇼.]

강찬이 풀썩 웃자 오광택이 따라 웃으며 전화를 끊었다.

택시를 타고 호텔에 도착했을 때였다. 현관에서 기다리던 주철범이 강찬을 향해 깊게 허리를 숙였다.

"뭐하냐? 빨리 들어가."

"예, 형님."

서둘러 안으로 들어서던 강찬은 로비 라운지의 앞에 잠시 멈추고 말았다. 새로운 직원이 바쁘게 움직이는 것이 보였다.

"차 한잔하고 올라가시겠습니까?"

"됐다. 가자."

"예, 형님."

주철범이 존경심을 가득 담은 얼굴로 엘리베이터로 향했다.

1701호에 도착한 주철범이 카드 키를 꺼내 바로 문을 열었다.

"야!"

오광택이 소파에서 일어나 강찬의 앞으로 왔다.

"괜찮냐? 괜찮은 거야?"

진심으로 걱정하는 얼굴이어서 부담스럽기까지 했다.

"개새끼! 텔레비전에 나갈 거였으면 날 데리고 갔어야지."

둘이서 소파에 앉자 주철범이 공손한 태도로 커피를 따라 주었다.

당연하게 담배를 입에 물었다.

"저는 내려가 있겠습니다."

"어, 그래라."

오광택의 답을 들은 주철범이 공손하게 인사하고 방을 나섰다.

"아직 분당 일 일으킨 놈이 누군지 제대로 못 찾았다."

"알아! 그렇게 바빠서 찾을 시간이나 있었겠냐? 그 난리통에서 살아났으면 됐다."

이상하게 힘들어 보이는 얼굴이었다.

"무슨 일이야?"

"뭘?"

오광택의 눈빛이 흔들리는 것을 분명히 보았다.

강찬이 담배를 끄고 빤히 바라보자 오광택은 먼저 얼굴을 쓸었다.

"동생들한테는 말 못했는데."

말을 하다 말고 놈은 다시 담배를 꺼내 물었다.

"이상하게 불안하다. 길에서 마주치는 사람들이 전부 칼을 품고 있는 것처럼 보이기도 하고. 집에 있어도 불안하고, 호텔에 있어도 불안하고. 흐아! 애들한테 쪽팔려서 말도 안 나온다."

깡패한테 이런 면이 있을 줄은 몰랐다.

전투에 나가서 대원들을 잃은 구대장들이 느끼는 공포를 깡패 두목이 느끼고 있는 거다.

"왜 그런 눈으로 봐? 너니까 말한 거야. 이래도 아직 누구한테든 안 질 자신 있어."

강찬은 피식 웃었다.

이런 건 그냥 시간이 지나면 결과가 나온다. 이걸 이기고 일어서느냐, 아니면 이대로 주저앉느냐.

잠시 이야기를 나누고 있을 때였다.

웅웅웅. 웅웅웅. 웅웅웅.

강찬의 전화가 울렸는데 모르는 번호였다.

"여보세요?"

[자비에입니다.]

이 새끼가 라노크를 만난 걸 알고 전화한 건가? 뒤를 쫓아다녔나 싶어서 강찬은 절로 인상이 찌푸려졌다.

[말씀드릴 게 있어서 전화했습니다. 프랑스에 있는 양진우의 아들 가족 셋을 처리했습니다.]

뭐를 어떻게 했다고? 가족 셋?

"양진우 아들한테 어린애가 있었다던서? 누가 그걸 시켰어?"

[두목께서 성의를 보이시기 위해 지시한 일입니다. 모두 참수했습니다.]

"야 이 개새끼야!"

오광택이 퍼뜩 고개를 들었고, 수화기 너머에서 답은 없었다.

"아직 어린애라면서! 영감이나 아버지가 잘못한 건 있을지 몰라도 애가 무슨 죄가 있어, 이 개새끼야!"

[아무리 우리가 중재를 부탁했다고 해도 그런 식으로 말을 하는 건 좋지 않습니다.]

이 새끼가 정말 미국의 정보국 요원이 맞는 건가?

길게 숨을 내쉬는 강찬을 오광택이 의아스러운 시선으로 보았다.

[이미 미국에 있는 조직원에게도 지시가 내려갔습니다. 지금쯤 목을 썰고 있을 겁니다.]

강찬은 아예 헛웃음이 나왔다. 라노크는 이런 새끼를 왜 두목으로 앉히려는 거지?

"자비에, 지금 전화해서 멈추라고 해. 그럼 중재해 주지."

[바로 전화드리겠습니다.]

끝까지 냉정한 음성을 듣자 기운이 쭉 빠졌다.

양진우가 미운 것과 어린애들을 죽이는 건 전혀 다른 얘기다.

아프리카에서 벌어지는 부족 간의 전쟁도 아니고, 죄 없는 아이들의 목을 자르는 건 목적이 어떻든 간에 용납할 수 있는 일이 아니었다.

강찬은 담배를 들었다. 상황이 자꾸만 엉뚱하게 꼬인다.

"무슨 일인데 그래?"

"말도 마라. 유라시아 철도에 오만 잡놈들이 끼어들어서.

에휴! 관두자."

오광택은 더 묻지 않고 담배를 꺼내 물었다.

웅웅웅. 웅웅웅.

강찬은 재빨리 전화를 들었다.

[자비에입니다. 이미 참수를 끝냈답니다.]

"미국에 있는 식구 전부를?"

[아들과 딸 내외, 그들의 자녀 셋, 도합 일곱입니다.]

미친 개새끼들.

세호토 브니므의 잔인함이야 익히 알고 있었지만, 이렇게 피부로 실감하기는 처음이었다.

하도 기가 막히니까 웃음이 피식피식 나왔다.

[우선 여기까지입니다. 양진우의 동향이 파악되면 바로 알려 드리겠습니다.]

"후우!"

말도 안 되는 일이 벌어진 거다.

몸뚱이는 뻑뻑하고 마음은 무거웠다.

전화가 몇 통 왔는데 인터뷰를 요청한다는 내용이어서 단호하게 거절했다.

강찬은 전화를 들어 방금 있었던 통화 내용을 라노크에게 전했다.

[일이 복잡하게 꼬이는군요.]

이 구렁이가 이걸 정말 짐작 못했을까?

[지켜봅시다.]

"예. 대신 저는 중재할 마음이 없어졌습니다."

[알겠습니다. 그건 제 선에서 알아서 하지요.]

강찬은 전화기를 놓고 소파에 등을 기댔다.

가족을 건드리기 시작하면 쓸데없이 잔인해질 수밖에 없다. 이렇게까지 됐다면 양진우를 하루속히 죽여서 싸움을 끝내는 것이 현명하다.

⚜ ⚜ ⚜

오광택과 헤어져 집에 온 후로 별일은 없었는데 전화기가 문제였다.

강대경, 유혜숙은 물론이고 느닷없이 강찬의 전화기까지 도통 쉬지 않고 울려 대는 통에 다른 통화를 하기 어려울 지경이었다.

내용은 전부 인터뷰를 요청하거나 방송에 출연하라는 것이었고, 당연하게 그에 응할 이유는 없었다.

유혜숙의 경우는 특히 심해서 아는 기자가 있는데 얼굴을 봐서 한 번만 인터뷰해 달라는 친구들이 제법 됐다.

다음 날, 강찬은 아침 운동을 시작했다.

이틀 사이 국가정보원이 총력을 기울여 테러리스트들의

신원을 파악하려 애썼고, 중국에 항의와 협조 요청을 했으나 특별한 성과는 없었다.

외교라는 게 웃기다.

중국은 몰래 북한군을 준비시켰다가 모두 죽었고, 한국은 또 모르는 척 항의하고 협조를 요청한다.

"하아."

몸이 개운해지자 덩달아 마음도 한결 가벼워졌다.

그 뒤로 자비에로부터 전화는 없었다.

아이들의 목을 자르는 놈과 굳이 연락할 이유도 없어서 강찬도 아예 잊어버리기로 했다.

혹시 모른다. 눈앞에 또 불쑥 나타나면 목을 비틀어 버릴지.

"얼른 씻어, 아들. 밥 먹자."

"벌써 운동해도 되겠니?"

"예. 몸은 이제 괜찮아졌어요."

대답을 마친 강찬은 개운하게 샤워를 하고 나왔다.

식사를 하는 동안은 세 사람 모두 전화를 아예 무음으로 조작했다.

도대체 아침도 먹기 전에 인터뷰를 요청하는 인간들은 어떻게 생겨 먹은 건지 궁금할 지경이었다.

아침을 먹고 강대경과 유혜숙이 출근하자 문자가 떴다.

{무슨 일 있는 거요? 전화 좀 받으쇼.}

엉뚱한 전개 • 163

이 새끼가 언제 전화했었지?

강찬은 석강호에게 전화를 걸었다.

[여보세요? 무슨 일 있소?]

"하도 인터뷰하자고 전화를 해 대서 아예 소리를 죽여 놨었어. 왜?"

[특별한 일 없으면 차나 한잔하러 갑시다. 이상하게 속이 답답하기도 하고.]

"그러자. 얼마나 걸려?"

[아예 한 시간 뒤에 봅시다.]

"알았다."

강찬은 느긋하게 석강호와 만날 준비를 했다.

그런데 전화기에 연속해서 불이 들어왔다. 혹시나 싶어서 보면 모르는 번호다.

이게 사람 환장할 노릇이다. 당장은 번호를 바꾸기도 그렇고.

⚜   ⚜   ⚜

아파트 앞에서 만나 미사리로 움직였다. 이른 시간이라 첫 손님쯤 되는 모양이었다.

멀리 펼쳐진 강을 보며 주문한 커피를 한 모금 마시자 마음이 후련하게 느껴졌다.

강찬은 세흐토 브니므가 양진우의 아들 둘과 딸을 살해했다는 말을 먼저 전했다.

"염병, 애들이 무슨 죄가 있다구. 거 괜히 불똥이 대장한테 튀는 거 아니요?"

"글쎄? 양진우 그 새끼 능력이라면 누가 했는지 금방 알 테니까, 세흐토 브니므를 노리지 않겠냐?"

"아무리 돈이 많아도 걔들과 맞선다는 게 어디 쉽겠소? 라노크 정도 되니까 가능한 일이지, 양진우가 돈으로 그걸 이겨 보려고 한다면 당장 제 모가지가 먼저 날아갈 텐데요."

"그렇긴 하다."

커피를 마시며 오광택과 만났던 이야기, 라노크와 점심을 먹었던 이야기를 천천히 늘어놓았다.

"대장은 이제 어떻게 할 참이오?"

"쯧! 애들이 그렇게 죽었다니까 마음이 불편하긴 한데, 그래도 양진우를 정리하는 데 최선을 다할 작정이다."

"에이, 죄는 양진우가 지었는데 왜 엉뚱한 애가 죽는 거야? 빌어먹을!"

"그러게나 말이다. 하지만 이대로 두면 그 새끼가 또 부모님을 노릴 것 같아서 아무래도 그냥 두기는 어려워. 더구나 불쌍하게 죽은 여자애들도 있고."

"들어오긴 하겠소?"

석강호가 테이블을 감싸듯 어깨를 둥글게 한 자세로 담배를 꺼내 물었다.

"봐야지. 자비에 말로는 그렇게 하면 우리나라로 들어올 것 같다고 했고, 김 팀장님도 별도로 알아본다고 했으니까 방법이 있겠지."

"후우, 자비에는 미국 정보국 요원이라고 했다면서요?"

"그러니까. 아무래도 프랑스 정보총국 같은 조직이 따로 있는 모양이지."

강찬은 인상을 찌푸리며 머리를 쓸어 댔다.

이런 식으로 복잡하게 뒤엉기는 것보다는 차라리 한 번 마주쳐서 단번에 끝장을 보는 것이 백번 낫다.

"내일부터는 뭐할 거요?"

"딱히 할 일도 없다. 학교 나가기도 그렇고, 그냥 근처에 운동할 만한 곳 한번 알아보려고."

"이거 봐. 지난번에 그 땅을 샀어야 했던 건데."

강찬은 풀썩 웃고 말았다. 석강호는 아직 그 땅에 미련이 남아 있었던 모양이다.

차를 마시는 동안에도 전화가 계속 걸려 왔는데, 그때마다 강찬은 번호를 확인했다.

"보는 내가 다 정신 사납소."

"당하는 난 어떻겠냐?"

강찬이 투덜거린 다음이었다. 또 전화가 왔는데 이번엔

김형정이었다.

"이거 봐라."

강찬은 서둘러 전화기를 들었다.

"여보세요?"

[강찬 씨, 김형정입니다. 어디세요?]

"저 석강호와 미사리에 와 있는데요."

[양진우가 귀국한답니다. 거기 계실 거면 내가 그리로 가지요.]

"예. 여기서 점심 먹을까 했으니까 이리로 오세요."

전화를 내려놓자 석강호가 '이리 온다는 거요?' 하고 물었다.

"양진우가 귀국한단다."

"예?"

강찬은 말없이 담배를 꺼내 들었다.

양진우가 들어온다는데 왜 이렇게 쫌쬠한 느낌일까? 자식들과 손자를 잃은 것에 대해 동정심이 생겨서 그런가?

강찬은 담배 연기를 뿜어내며 강을 바라보았다.

독하게 마음먹자. 하나씩 정리하는 거다.

양진우, 그리고 첩보전.

따지고 보면 원래 유라시아 철도의 연결을 위해 도움을 주겠다고 시작했던 일이 여기까지 온 거다.

철도의 발표까지 앞당겨 일을 이루었으니 양진우를 통해

엉뚱한 전개

뒷마무리를 하고 편하게 살아가 주면 된다.

"개새끼, 이번에 들어오면 반드시 해결해 버리고 속 편히 삽시다."

석강호의 걸걸한 목소리가 강찬의 생각을 깨웠다.

커피를 좀 더 달라고 해서 막 가져왔을 때 김형정이 도착했다.

"하여간 저 양반도 거의 날아다니는 수준이야."

테이블로 다가온 김형정이 먼저 커피를 주문했다.

"몸은 좀 어떻습니까?"

"둘 다 퇴원했는데요. 앉으세요."

셋이 자리에 앉자 김형정이 주변을 둘러보았다.

"커피 올 테니까 온 다음에 말씀하세요."

"그럴까요?"

며칠 사이에 얼굴이 더 빠졌다.

"많이 피곤하셨나 봐요."

"아닌 게 아니라 보고서에 치여 죽을 지경입니다. 사망한 테러리스트 신원 파악, 사용된 무기 동향, 입국 경로 등등에, 강찬 씨가 전해 준 제보에 맞춰서 자료를 정리해야 하는데. 아후! 이건 뭐."

김형정이 세수를 하는 것처럼 손을 펼쳐서 얼굴을 길게 쓸어 댔다. 커피가 오자 한 모금을 마신 그는 다시 주변을 둘러보고 난 후, 입을 열었다.

"양진우가 들어옵니다. 내일 오후에 한국에 도착하는 비행기의 좌석을 예약했는데, 일본의 정보국 요원과 함께 움직인다는 첩보가 있습니다."

"그 새끼, 그 지랄을 떨어 놓고 그래도 살겠다고 별짓을 다하네. 미국 국적에 일본 정보원까지. 참나."

석강호가 불만을 터트린 다음이었다.

"아직 양진우가 정확하게 개입한 증거는 나오지 않았습니다. 프랑스와 미국에 있던 양진우의 자녀들이 살해당한 것은 알고 계시죠?"

"손자들까지 전부 당했다던데요?"

"맞습니다. 그런 그가 일본의 정보국과 손을 잡고 들어온다면 반드시 믿는 구석이나 계획한 것이 있다는 의미가 됩니다."

강찬은 김형정의 말을 듣고만 있었다. 뭐라고 하고, 무엇을 믿든 간에 양진우가 죽는다는 사실은 변함이 없다.

강찬은 그것만 생각하기로 했다.

제5장

해 달란 대로 해 주지

유라시아 철도 발표의 감동이 수그러드는 시점에 터진 해저터널 공사 발주는 사람들의 시선을 단숨에 사로잡았다.

덕분에 인터뷰 요청이 없어지다시피 했는데, 양진우가 너무 급격하게 관심의 중심에 서 버려서 당장 그를 어쩌기는 어려웠다.

강찬과 석강호는 토요일 점심시간에 김형정의 삼성동 사무실을 방문했다.

"오늘은 탕수육도 하나 시킵시다."

"알겠습니다."

석강호의 요청을 김형정이 흔쾌하게 받아들였다.

식사를 마친 다음이었다.

차와 담배를 준비해 준 김형정이 보고서를 건네주었다.

"국가정보원에서 분석한 자료입니다. 양진우의 제안대로 해저터널을 이용한 고속도로와 철도가 연결된다면 유라시아 철도의 거의 모든 수익이 일본으로 돌아가게 됩니다."

"이런 점을 방송이나 언론에 내보내면 안 되나요?"

"지금은 어렵습니다."

김형정이 재떨이를 찍는 것처럼 담배를 끄며 한숨을 내쉬었다.

"일본이 먼저 우리나라에 졌다는 식으로 방송을 내보냈습니다. 거기다 양진우의 자식들이 살해된 이유가 해저터널을 저지하기 위한 협박이었다고 동정표까지 몰린 상황입니다. 이런 걸 바람이라고 표현합니다. 아무리 객관적 자료를 내놓아도 바람이 불면 소용없습니다. 고도의 선거전에서나 쓰는 방식입니다."

"허가를 안 내주면요?"

"일본에서는 공사를 진행할 겁니다. 그럼 공사가 진척되는 뉴스가 나올 때마다 국민적 저항에 부딪칩니다. 가뜩이나 내년에 국회의원 선거까지 있어서 자칫하면 유라시아 철도를 지켜 내지도 못하는 꼴이 됩니다."

"이 새끼도 강적이네."

석강호의 한마디가 가장 적절한 표현처럼 들렸다.

"당장은 손을 쓰기도 어렵습니다. 양진우가 갑자기 죽게 되면 민심이 어디로 튈지 모르니까요."

김형정이 흘깃 강찬을 보며 말을 마쳤다.

"팀장님."

"말씀하십시오."

"이건 너무 바보 같다는 생각 안 드세요?"

강도가 세다고 느꼈는지 석강호가 슬쩍 김형정을 보았다.

"대통령이 있고, 국가정보원부터 많은 국가기관이 있는데 이런 걸 그냥 지켜보겠다는 건가요?"

"당장 현실이 그렇다는 겁니다."

강찬은 피식 웃으며 고개를 저었다.

"웃긴다는 생각밖에 안 드네요. 대통령과 국무총리의 목숨을 대놓고 노린 건 증거가 없는 거고, 유라시아 철도의 이익을 일본에 팔아넘기겠다는 것은 민심이 무서워서 못 막겠다니."

김형정은 이를 꽉 깨문 채로 담배를 노려보고 있었다.

"제 형사면책권은 유효합니까?"

"강찬 씨."

"그것도 양진우에게는 해당 안 되는 건가요?"

"강찬 씨! 이런 건 감정으로 해결할 일이 아닙니다."

"그럼 감정 아닌 방법으로 어떻게 해결하실 건데요?"

강찬의 질문에 김형정이 입을 꾹 다물었다.

"아버지를 대놓고 습격했고, 어머니를 죽이기 위해 외국인 칼잡이를 고용한 데다, 불쌍한 두 자매를 죽였습니다. 제게 증거가 없다는 말은 하지 마세요."

김형정이 결정권자가 아니란 사실은 인정한다. 하지만 이런 식으로 멍청하게 당하고만 있는 건 받아들이기 어려운 일이다.

"어떻게 할까요? 부모님과 프랑스로 귀화할까요? 내가 사는 나라에서 내 부모가 살해당할 위협에 놓였는데 상대가 돈 많고, 힘이 있어서 꼼짝도 못합니다. 국가 정보원 요원들이 20명 가까이 지켜 주니까 괜찮다고 생각하세요?"

"흠."

강찬은 담배를 꺼내 입에 물었다.

"정 방법이 없다면 제가 양진우 해결하고 프랑스로 가겠습니다."

찰칵.

"후우, 제가 할 수 있는 최선입니다. 그 뒤에 유라시아 철도가 어떻게 되든 그건 전적으로 대한민국 정부가 알아서 할 부분입니다. 이 정도로 빤한 음모에 방법을 못 찾을 줄 알았다면 전 절대로 이 일을 시작하지 않았을 겁니다."

"알겠습니다. 원장님께 강찬 씨의 뜻을 분명하게 전하겠습니다."

분위기가 착 가라앉아 있었다.

"강찬 씨."

강찬은 시선만 주었다.

"미국이나 프랑스 정보국 모두 위급한 순간에는 암살이란 걸 합니다. 우리가 그걸 못해서 이러는 게 아니라, 나중에 이런 방법들이 정권을 유지하는 도구로 쓰일까 봐 염려하는 부분도 있다는 걸 알아주십시오."

김형정이 연기를 길게 뿜어냈다.

"지금의 러시아가 그렇습니다. 공작 정치나 암살을 자행합니다. 대통령님은 국가의 발전과 민주주의의 정착 사이에서 고민하는 것이지, 민심의 이반을 두려워하는 것은 아닙니다."

강찬은 김형정의 눈빛에 담긴 열의를 보았다.

조국을 위해 기꺼이 목숨을 내놓겠다며 몽골로 출발했던 남자, 끔찍한 고문을 견디면서도 소속된 나라와 이름을 밝히지 않은 남자다.

"제가 말이 심했다면 죄송합니다."

"그렇진 않습니다. 솔직히 강찬 씨 평계로 원장님께 속에 있는 말을 시원시원하게 쏟아부을 거니까요."

김형정이 손바닥을 펼쳐서 얼굴을 쓸어 댔다. 마음대로 하지 못하는 현실을 답답해하는 심정이 고스란히 보였다.

"양진우가 죽으면 해저터널을 막을 수는 있나요?"

"양진우가 함께 다니는 경호원이 10명입니다. 움직임으로 봐서 특수 훈련을 받은 것이 분명합니다."

해 달란 대로 해 주지

이젠 정말 쉽지 않은 싸움이 돼 버렸다.

"일단 막을 수야 있겠지요. 서정그룹을 공중분해시킬까 하는 점도 생각해 봤는데, 자칫 일본의 자금이 들어와 서정그룹을 인수해 버리면 그때는 아예 막을 방법조차 없습니다. 거기에 국회의 다수를 차지한 야권이 양진우를 지지한다는 점도 문제입니다."

"동선은요?"

"집과 회사만 오갑니다. 철저하게 CCTV 반경 안에서 움직이기 때문에 어설프게 사고로 위장하기도 어렵구요."

"쯧!"

총으로 쏴서 죽이는 건 한국에서 무리한 짓이다. 국민적 관심이 집중돼 있어서 뒷수습이 정말 어려울 거다.

"해저터널이 정식으로 시작할 때까지 얼마나 기간이 있나요?"

"우리 정부가 승인을 안 내주면 연결은 절대 어렵습니다. 민심을 등에 업은 야권이 대통령 탄핵안을 내놓는 것까지 계산하면 대략 한 달 정도는 여유가 있다고 봅니다."

웃음이 나올 정도로 어처구니없는 일이었다.

유라시아 철도를 막으려고 난리를 치던 놈들을 이번에는 이쪽에서 막아야 하는 거다.

축구나 야구 경기도 아니고, 수비와 공격을 바꿔야 한다.

"양진우를 죽였을 때도 역시 가장 무서운 건 대통령 탄핵입니다. 국민을 못 지켰다는 명분을 내세우겠지요. 그렇게 되면 해저터널은 또 진행됩니다."

"국회의원이란 놈들이 왜 그러지?"

석강호가 툴툴거리며 화를 쏟아 냈다.

"엄청난 자금을 풀 겁니다. 일본이 현재 가진 모든 경제력을 동원해서라도 이 일을 통과시키려 할 테니까요."

"결국은 일본이 이 일에서 손을 떼게 하는 것이 가장 확실한 방법이네요."

"그렇게만 된다면 양진우는 제 손으로 해결하겠습니다."

강찬과 석강호가 허탈하게 웃고 말았다.

해저터널을 막고 싶은 김형정의 절절한 심정을 느끼자 그냥 동시에 나온 웃음이었다.

"이건 좀 더 고민해 보죠."

지금 답이 나올 건 아니어서 그렇게 의논을 끝냈다.

⚜   ⚜   ⚜

김형정의 사무실을 나와서 강찬과 석강호는 집 앞으로 움직여 사거리 커피 전문점에 자리를 잡았다.

석강호가 음료수를 주문하러 간 틈이었다.

웅웅웅. 웅웅웅. 웅웅웅.

전화가 울려서 들었는데 입력이 되지 않은 번호였다.

인터뷰 전화가 뜸하니까. 강찬은 통화 버튼을 눌렀다.

"여보세요?"

[나야.]

어디서 들은 목소린데?

[나야, 은실이.]

하! 또 어디서 일이 생기나?

강찬은 주변을 먼저 둘러보았다.

"왜?"

[잠깐 볼 수 있어?]

"무슨 일인데? 그냥 전화로 얘기해."

[만나서 얘기해야 돼. 어디든 장소만 정해 주면 내가 갈게.]

'어디든 사고 하나 끌고 갈게.'처럼 들렸다.

아무래도 쉽게 물러날 것 같지 않아서 강찬은 한 시간 뒤에 오라는 말과 함께 있는 곳의 위치를 알려 줬다.

"누구요?"

석강호는 탕수육을 혼자 다 처먹다시피 하고도 또 세숫대야만 한 팥빙수를 들고 왔다.

"은실이다. 할 얘기가 있다고 해서 한 시간 뒤에 이리 오라고 했어."

"은실이? 허은실이 말이오?"

"그래."

"걔는 또 무슨 일이지?"

석강호가 고개를 갸웃하면서 팥빙수를 가득 입에 넣었다.

"고민할 거 없어요. 우린 우리 식대로 해결합시다."

"마음 같으면 용병 하나 조직해서 일본 가겠다."

"그것도 괜찮소. 어흐!"

강찬의 시선 앞에서 석강호가 머리를 손으로 두들기고 있었다.

"야! 이것 좀 많이 먹었다고 골이 다 쩡쩡 울리네."

이놈하고 있으면 이렇게라도 웃는 맛이 있다.

석강호가 가고 나서 10분쯤 지나 허은실이 커피 전문점에 들어섰다.

쫄티에 팬티를 겨우 가린 것 같은 짧은 반바지 차림이었다. 거기에 입술만 붉게 칠해 놓으니까 '나 좀 놀아요.' 하고 온몸에 써 놓은 것처럼 보였다.

허은실은 강찬을 보고 '뭐 마실래?' 한 뒤에 바로 주문대로 향했다.

"TV에 멋지게 나오더라."

강찬의 맞은편에 앉은 허은실이 빨대의 비닐을 벗기며 말을 건넸다.

"무슨 일이야?"

"응. 축제 때문에."

"축제?"

허은실이 빨대를 입에 물고 있어서 강찬은 잠시 기다려 주었다.

"우리 가을 축제 하잖아. 심덕이랑 두 곳에서 학부모들까지 동원해서 빵빵하게 한대. 그러니까 좀 도와줘."

음료수를 내려놓은 허은실이 맡겨 놓은 것을 달라는 투로 강찬을 보았다.

"내가 축제 운영위원장이야."

강찬은 그만 풀썩 웃고 말았다.

"운동부 전체가 운영위원이야. 이번만큼은 심덕에 지고 싶지 않아서 그래. 나는 대학도 못 갈 거고, 그래서 이게 마지막 축제잖아."

"어떻게 해야 안 지는 건데?"

"학교 축제에 주민들이 많이 오면 되는 거야. 마지막 날 공연에."

"사람을 불러 달라는 거냐?"

허은실이 왜 모르는 척하느냐란 눈빛으로 강찬을 보고는 다시 입을 열었다.

"심덕은 소유란하고 AMP 부른대. 거기 학생 아빠 한 명이 기획사 운영한다고. AMP 몰라? 요즘 막 뜨는 걸그룹 있잖아."

에효, 내가 이년을 만나서 뭘 기대한 거냐. 결국, 학교 축제에 연예인 불러 달란 소리인 거다.

"우리 학교에 왕따 없어졌다고 전학 오겠다는 문의가 들어온대. 나 요즘 처음으로 학교 나가는 게 재밌어. 그래서 마지막을 멋지게 장식해 보고 싶어졌어."

이런 말은 좀 진지하게 해야 설득력이 있지 않을까? 그런데 허은실은 삐딱하게 등받이에 기대앉아서 꼰 다리를 까딱거리고 있었다.

"그리고 오늘 나 옷 사는 데 같이 가 주라."

이년이 나도 모르는 약점을 잡았나? 아니면 날라리 짓을 못해서 미쳐 버린 건가?

"옷이 전부 이런 거밖에 없어. 나도 다른 애들처럼 평범해 보이는 옷 입어 보려는데 도통 모르겠어. 그러니까 네가 좀 골라 줘."

"그런 건 호준이랑 같이 가면 되잖아?'

"걔도 나랑 똑같은데 어떻게 믿어?"

다른 건 몰라도 이년 깡다구 하나만큼은 알아줘야 한다.

"화장도 하지 말래서 안 했잖아."

강찬은 짜증이 올라오려고 했다. 가뜩이나 신경 쓸 것 많은데, 이게 정말 사람을 만만하게 보고…….

"오늘만 같이 가 주라. 다신 이런 부탁 안 할게. 정말 나도 똑바로 살아보고 싶단 말이야."

제 딴에는 애교를 섞은 듯한 표정과 말투였다.

'하아!'

해 달란 대로 해 주지 • 183

강찬은 심오한 표정으로 허은실을 보았다.
 차라리 수학 교과서를 들여다봤으면 봤지, 이년의 속은 도통 알 길이 없다.
 "난 내 옷도 못 골라."
 "그러니까 네가 고르면 숙맥들이 입는 옷일 거 아냐."
 이젠 아예 웃음이 나왔다.
 오냐. 일진 그만두고 평범하게 살아 보겠다는데 그깟 옷 사는 거 한번 같이 못 가 주겠냐.
 "옷을 어디서 파는데?"
 "트론스퀘어."
 지겨운 곳이다. 남산호텔만큼이나.
 "알았다. 가 보자."
 강찬이 자리에서 일어서자 허은실이 냉큼 따라 일어섰다.
 택시를 잡은 강찬은 조수석에 올랐다.
 "트론스퀘어요."
 가는 동안 말도 없었다.
 기사의 표정만 봐도 알 것 같았다. 허은실이 뒷좌석에 삐딱하게 앉아서 다리를 꼬고 꺼떡거리고 있다는 것을 말이다.
 트론스퀘어는 엄청나게 붐볐다. 토요일이다.
 백화점과 연결된 2층과 3층에 옷을 판매하는 상점들이 늘어서 있었는데 가격이 만만치 않았다.

"저 안쪽에 좀 싼 것들이 있어."

미쉘과 비교하기는 어렵지만 허은실도 시선을 잡아끌었다.

싼 티, 날라리.

두 가지를 이년처럼 확실하게 보여 주기도 어려울 거다.

염려했던 것과는 달리 강찬을 알아보는 사람들은 거의 없었다.

허은실은 트론스퀘어에서도 꽤 큰 매장으로 들어갔다. 가격이 저렴했는데 젊은 사람들이 제법 많았다.

강찬은 옷을 고르는 허은실의 뒤에 멍하니 서 있었다.

강대경과 유혜숙의 옷을 사러 백화점에 갔을 때와 달리 어딘지 목에 줄을 매단 것처럼 숨이 막히는 느낌이었다.

"이거 어때?"

"아기 옷이냐? 지금 입고 있는 거랑 똑같잖아."

툭.

허은실은 골랐던 옷을 성의 없이 던져 놓았다.

"이건?"

"너 일부러 이러는 거지?"

"뭘?"

"지금 입고 있는 거보다 더 짧잖아?"

"이게 짧은 거야?"

강찬의 눈빛이 달라진 걸 본 허은실이 잽싸게 몸을 돌렸다.

"허은실?"

강찬이 부르는데도 허은실은 모른 척하고 있었다.

"야."

아무래도 이건 아니다. 괜한 짓을 한 거다.

병아리 대원이 모자와 두건을 달랄 때 눈빛이 떠올라서, 한 번쯤 똑바로 살아 보겠다는 말에 같이 와 주기는 했지만, 이걸 더 참기는 어려웠다.

강찬이 돌아서기 직전이었다.

홱!

허은실이 갑자기 몸을 돌렸다.

"모르겠어! 몰라! 그래서 도와 달라고 했잖아! 먼저 골라 주지 않으니까 뭘 입어야 할지 모르겠다고! 좋아하는 게 뭐야? 어떤 걸 입으면 보통 애들처럼 보이는 거야!"

근처에 있던 사람들의 시선이 모두 달려왔다.

억울해하는 얼굴과 눈빛이었다. 잘해 보고 싶어 하는데 안 되는 거다. 이년이 이렇게까지 하는 이유는 몰라도 해 보려고 애쓰는 것만큼은 분명하게 알 수 있었다.

"나와."

허은실이 반사적으로 강찬의 오른손을 보았다.

"나와 봐."

실망하는 기색을 덮어쓴 허은실을 데리고 강찬은 매장을 나왔다.

통로에 등이 없는 벤치가 있었다.

"앉아."

허은실이 털썩 소리가 나게 앉더니 다리를 꼬았다. 전화를 거는 강찬을 힐끔 보며 억울한 표정이었다.

"여보세요?"

[차니! 어디야?]

"여기, 트론스퀘어. 미쉘, 미안한데 코디하는 직원 한 명 이리 보내 줄 수 있을까?"

[차니, 옷 사려고? 그럼 내가 갈게!]

"그게 아니라 좀 평범하게 입고 싶어 하는 여학생이 있는데 옷을 못 고르겠어서 그래. 미쉘이 오는 건 아무래도 부담스러우니까 직원 있는지만 알려 줘."

[설마 차니의 새로운 여인?]

"쓸데없는 소리 하지 말고."

강찬이 뚝 자르자 미쉘이 얼른 말투를 바꿨다.

[미안, 차니. 여의도하고 논현동에서 야외 촬영이 있으니까 음, 트론스퀘어까지 20분 안에 갈 수 있을 거야. 어디야?]

"2층 안쪽 통로에 있어."

[지금 바로 출발하게 할게. 오늘은 한가해? 그럼 같이 저녁 먹자.]

한가한 꼴을 보인 거다.

"그래. 일단 여기 정리하고 전화할게."

[알았어, 차니.]

통화를 끊었을 때 다리를 꼬고 앉은 허은실은 하도 바지가 짧아서 아래는 아예 아무것도 안 입은 것처럼 보였다.

20분이나 기다려야 한다.

"담배 피우고 올 건데 여기 있을래?"

"같이 가."

허은실이 먼저 일어났다.

2층에서 내려서 전에 애들을 두들기던 화단이 있는 곳으로 향했다.

강찬은 담배를 꺼내다가 한숨을 푹 쉬었다.

"피울래?"

"응."

같은 '응.'이란 대답이 어쩌면 이렇게 다르게 들리는지. 그러고 보니 김미영에게도 티 한 장 사 준 적이 없다.

둘이서 담배를 피우고 있는 동안, 전혀 얼굴도 모르는 놈들이 조심스럽게 고개를 숙이며 지나갔다.

강찬이 힐끔 쳐다보자 '심덕 일진 새끼들.' 하고 허은실이 친절하게 설명해 주었다.

2층으로 돌아와서 10분쯤 시간을 보내고 나자 코디가 도착했다.

"안녕하세요!"

"토요일에 미안해."

"전혀요. 요즘처럼 일하는 건 정말 힘든 줄도 몰라요, 대표님!"

옷을 사는 허은실보다 코디 직원이 더 들뜬 얼굴이었다.

"우리가 제작사로 주연, 조연 다 하는 거잖아요. 코디나 메이크업들도 주연 맡거나 제작사 쪽이 힘이 생겨요. 저뿐만이 아니라 직원들 전부 요즘은 산삼 먹은 것처럼 힘이 있어요!"

이거야 원.

강찬은 틈을 봐서 허은실을 소개하고 평범하게 입을 수 있는 옷들을 찾아봐 달라고 했다.

"비용은 얼마나 생각하세요?"

강찬은 당연히 허은실을 보았다.

그런데 처음으로 쭈뼛거리는 느낌을 받았다. 정말 짧은 순간이었는데, 진짜 어처구니없게도 돈가스를 먹자는 친구들과 헤어질 때의 심정이 떠올랐다.

"내가 살 거야. 그러니까 너무 비싼 것만 아니면 돈에 구애받지 않아도 돼."

"예, 대표님."

허은실은 끝내 강찬을 보지 않았다.

코디 직원은 모르는 건지, 모른 척하는 건지 모를 표정으로 주변을 둘러본 다음 매장 한 곳으로 걸음을 옮겼다.

일사천리, 일당백이다.

삼시간에 매장 네 곳을 돌고 난 코디 직원이 허은실을 평범하게 만들었다.

촌스럽지도 않다.

이건 이렇게 입어라, 아까 산 옷과 이걸 섞어 입어도 된다. 이건 이렇게, 저건 저렇게.

어쩐 일인지 허은실은 군소리 않고 여직원이 입어 보란 대로 입고, 골라 주는 대로 받았다.

한 시간이 채 안 돼서 코디 여직원이 돌아갔다.

솔직히 허은실은 다른 아이처럼 보였다.

'나도 옷을 제대로 사야겠구나.'

옷이 이 정도까지 사람을 달라 보이게 하는 줄은 몰랐다.

"됐어?"

허은실은 대답하지 않았다.

"담배 하나 피우고 가자."

구경하는 게 엄청나게 지치는 일이다.

강찬은 다시 화단 앞으로 가서 담배를 꺼내 허은실과 둘이 불을 붙였다.

아무튼 끝났다.

강찬이 무심코 주변을 둘러볼 때였다. 느낌이 이상해서 시선을 돌렸는데 허은실이 울고 있었다.

이년이 옷 몇 장에 울어? 코디 직원의 전문성에 감동했나?

강찬은 머리를 흔들었다.

이년은 그냥 사람을 피곤하게 하는…….

"처음이야."

코를 문지른 손등을 엉덩이에 닦으며 허은실이 입을 열었다.

"옷 사 주면서 아무것도 요구하지 않은 거."

미친년, 눈물을 닦아야지 콧물만 닦냐.

"지는 게 죽기보다 싫었는데 내가 할 수 있는 게 없었어. 잘해 보려고 할 때마다 아무도 안 도와… 줬거든. 흡."

허은실이 코를 훌쩍 들이마셨다. 짝다리나 풀고 얘기하든지.

"담배 하나 더 줘."

그냥 줬다. 얼른.

"축제, 멋지게 끝내 보고 싶어. 정자년들이랑 심덕 일진 새끼들한테 나도 잘할 수 있다는 거 토여 줄 거야. 그리고 나, 코디 해 볼래."

어떤 연기자인지 모르지만 날티 나게 입는 거 하나는 우주 최강이 될 거다.

"아까 그 언니 전화번호 좀 알려 주라. 학원이랑 물어보게. 흡!"

하여간 이년은 정말 피곤하다.

⚜ ⚜ ⚜

 허은실을 보내고 나서 미쉘에게 전화를 안 하는 건 매너가 아니다. 당연히 전화를 걸었는데 미쉘 역시 20분 만에 트론스퀘어에 나타났다. 엄청난 시선을 끌면서.
 "차니!"
 미쉘이 안기는 순간, 수많은 시선이 강찬의 가슴에 꽂히는 느낌이었다. 몇몇은 'TV에서 본 그놈인가?' 하는 눈치여서 강찬은 서둘러 장소를 옮겼다.
 "차 가져왔어. 우리 저녁 먹으러 가."
 트론스퀘어만 빠져나갈 수 있다면 아무래도 좋았다.
 지하 주차장에 차를 세워 두었던 미쉘은 곧바로 방배동으로 향했다.
 "프랑스 사람들만 주로 이용하는 레스토랑 있어."
 확실히 미쉘은 눈치가 빠르다.
 가는 동안 돌아오는 화요일에 첫 방송이 나간다는 것과 예상 반응이 나쁘지 않다는 말을 들었다.
 "여기야."
 방배동 골목을 파고들다시피 들어가자 분식집인가 싶을 정도로 작은 레스토랑이 나왔다. 입구에 메뉴판을 세워 놓지 않았다면 전혀 식당이라고 생각하기 어려운 정도였다.
 안으로 들어가자 테이블이 10개쯤 있었는데, 그나마 2인용 테이블이 7개일 정도로 단출한 구즈였다.

 예약은 안 했지만, 저녁치고 이른 시간이라 가장 안쪽에 있는 조용한 곳에 자리를 잡을 수 있었다.

 뜻밖에도 음식은 제법 맛이 있었다.

 주문한 와인을 함께 마시며 이른 저녁을 먹었다.

 "여기 어머니 모시고 올까 해."

 미쉘의 웃는 얼굴을 보며 강찬은 한 번 더 정리하고 싶은 것이 있었다.

 "미쉘, 진심으로 말하는 건데 나 정말 마음에 둔 여자가 있어. 소연이가 병원에 와서 만나기도 했었어."

 "소연이가 병원에 갔었어? 언제?"

 미쉘은 엉뚱하게 은소연의 이야기에 관심을 두었다.

 "어쩐지! 연기하는 애라 확실히 다르구나."

 "뭐가?"

 미쉘이 의뭉스러운 눈길로 강찬을 보았다.

 "차니, 소연이가 차니 좋아하는 것도 모르는 거지?"

 "너 병 있는 거 아니냐?"

 와인을 마시다 웃음이 터진 미쉘이 급하게 냅킨을 입에 가져갔다.

 "이럴 때 차니는 정말 매력 있어."

 옆 테이블에 프랑스인 남녀가 앉았는데 한국말을 모르는 느낌이라 대화하기 편했다.

"걔뿐이 아니야. 코디 애들, 연기자 몇 명이 차니 때문에 맘고생하고 있을걸?"

"그만해라. 혹시 TV에 나온 걸 보고 잠깐 그럴 순 있을지 몰라도 관심도 없고, 그런 거 좋아하지도 않는다."

"차니는 그렇지. 그래서 좋아하는 사람 마음이 더 타들어 가게 하지."

미쉘은 아무렇지도 않다는 얼굴이었다.

"소연이에 비하면 난 행복한 거라고 생각해. 옛날에 내가 남자들 많이 만났었으니까 차니도 가능하면 많이 만나. 그러다가 차니가 다른 여자랑 결혼하게 되면 내가 깨끗하게 마음 접을게."

심지어 재밌다는 표정까지 짓는다.

"대신 한 달에 두 번 키스 권리는 양보 못해."

"야! 그럼 나는 뭐냐? 좋아하는 여자와 너, 둘 다한테 미안하고 죄를 짓는 거잖아."

"그냥 키스잖아. 그건 내 사랑에 대한 최소한의 예의로 생각해."

"에휴!"

강찬은 커피와 담배가 피우고 싶어졌다.

"앞에 비슷한 분위기의 바가 있어. 우리 거기 가서 담배 피울까?"

눈치 하나는 끝내준다.

계산을 마치고 미쉘을 따라 바로 뒤에 있는 와인 바로 움직였다.

같은 가게이지 싶었다.

레스토랑 옆으로 난 좁은 골목으로 들어가자 손바닥만 한 마당에 테이블이 있어서 담배를 마음 놓고 피우기 좋았다.

방배동에 이런 곳이 있었다니. 유혜숙이 정말 좋아할 만한 곳이었다.

우선 커피를 먼저 주문하고 담배를 꺼냈다.

그래, 하루쯤 여유 있게 즐기자.

강찬은 마음이 한결 너그러워졌다.

"TV 보다가 그런 생각이 들었어. 차니를 다시 못 보는 것과 이렇게라도 보는 것 중 어느 것이 더 행복할까?"

드라마를 찍더니 애가 이상해졌다.

"그런 눈으로 보지 마."

애교 떨기는?

그런데 예쁘긴 정말 예쁘다.

"그냥 이렇게 지내게 해 줘. 난 차니가 다른 여자랑 잠자리하는 거 괜찮아. 아까 얘기했던 것처럼."

"됐다. 알았으니까 그만하자."

"한 달에 두 번은 양보 못해."

커피를 가져왔던 여직원이 이상한 눈으로 미쉘과 강찬을 보고는 빠르게 안으로 사라졌다.

미셸은 정장 차림이었다. 앤 이런 옷이 정말 잘 어울린다.
"참, 차니. 내일 시간 괜찮으면 옷 사러 가자. TV에서 보니까 정장 정말 잘 어울리더라."
"그럴까?"
안 그래도 그럴 생각이었고, 당장 어떤 옷이 좋은지를 모르는 판이라 미셸의 제안이 나쁘지 않았다.
주변이 어둑어둑해지자 마당에 켜 놓은 조명이 들어왔다.
"차니는 욕심 같은 거 없어?"
"뭔 욕심?"
"돈을 많이 벌고 싶다거나, 유명해지고 싶다거나 하는 거. 아니면 꼭 하고 싶은 일?"
"글쎄."
당장은 양진우를 죽이는 일 정도?
갑자기 미셸과 참 다른 세상에 살고 있다는 생각이 들었다. 유혜숙이나 강대경, 그리고 김미영 역시 받아들이기 어려운 일이다.
사람을 죽이는 일을 어렵지 않게 떠올린다는 사실이 새삼 놀랍게 느껴졌다.
"왜 그래?"
"아냐. 잠깐 내가 하고 싶은 일이 뭔지 생각해 봤어."
"차니가 보통 사람과는 다른 모습인 건 알아. 라노크 대사와의 친분도 그렇고, 느닷없이 TV에 나타난 거, 그리고 가끔 보이는 엄청난 인맥과 돈."

미쉘이 진지한 얼굴로 강찬을 대하고 있었다.

"내가 볼 때 차니는 그 어떤 것을 할 때도 행복해 보이지 않았어. 그런데 어머니와 있을 때 차니 눈이 웃는 모양인 건 알아? 남산호텔에서 부모님과 식사할 때, 병원에 있을 때. 차니의 그런 얼굴을 보면서 정말 차니의 아기를 갖고 싶다는 생각이 들었었어."

얘는 결국 결론이 그쪽으로…….

"차니, 차니가 행복해할 일을 찾아. 일을 하면서 어머니를 볼 때처럼 웃을 수 있는 일. 쎄실에게 맡긴 돈도 적지 않다면서. 그것도 좀 쓰고. 차니가 정말 행복해할 일이 뭔지 찾아봐."

미쉘의 커다란 눈에 진심과 간절함이 함께 담겼다.

"넌 지금 하는 일에 만족하냐?"

"한 가지만 빼면."

"그게 뭔데? 야! 대답하지 마."

눈빛이 촉촉해진 미쉘을 보자 답을 알 거 같았다. 이건 뭔가 남녀가 바뀐 느낌이다.

"와인 마셔도 돼?"

"그래."

이왕 시간을 낸 터라 서운하게 하고 싶지 않았다.

와인을 더 마시는 동안, 강찬은 '정말 하고 싶은 일이 무얼까?' 하는 생각을 떨치지 못했다.

30분쯤 지나자 몇 개 되지 않는 테이블이 프랑스 사람들로 가득 찼다.

테이블에 켜진 기름 초, 잔잔하게 들리는 재즈.

분위기는 나쁘지 않았다.

미쉘이 자리에서 일어나 다가오더니 올라타듯 강찬의 다리 위에 앉았다.

프랑스 사람들은 이런 거 눈 하나 깜짝 안 한다.

몸이 뜨거웠다.

"무겁다."

미쉘이 짓궂게 코를 찡그리더니 강찬의 코에 짧게 입을 맞췄다.

"이건 병원에 있으면서 나 속 썩인 거 보상이야."

팔을 뻗은 미쉘이 강찬을 꼭 안았다.

살 냄새, 얼굴에 닿은 가슴의 감촉, 뜨거운 열기, 머리를 스치는 숨결까지.

더 나가면 위험하다.

"안아 줘. 차니가 잘못되는 줄 알고 정말 무서웠단 말야."

병원에서 울던 모습이 떠올라 강찬은 미쉘을 안아 주었다.

"더 요구하지 않을게. 지금처럼 지내. 대신 다시는 그렇게 위험한 일 하지 않았으면 좋겠어. 차니만 괜찮다면 내가 벌어. 그렇게 할게."

미쉘이 고개를 들어 커다랗고 파란 눈으로 강찬을 들여다보았다.

"힘들다."

"차니, 이런 모습은 정말 흥분돼."

짓궂은 표정을 지은 미쉘이 강찬의 코에 한 번 더 입을 맞추고는 몸을 일으켰다.

⚜ ⚜ ⚜

모처럼 맞는 평온한 일요일이었다.

양진우가 해저터널로 온 나라를 떠들썩하게 한 덕분에 전화도 뜸했다. 물론 유혜숙은 살짝 달랐지만.

토스트, 우유, 오믈렛, 그리고 커피와 차.

강대경과 강찬이 준비한 아침을 먹으며 유혜숙은 행복한 얼굴이었다.

쉬프도 잘 팔리고, 재단의 일도 잘 진행되고.

"아들은 오늘 뭐할 거야?"

"낮에 미쉘이랑 옷이나 사러 가 볼까 해요."

"옷?"

"자꾸 어려운 자리에 나가게 돼서 양복하고, 편안하게 입을 수 있는 옷 몇 벌 사 볼까 하구요."

"그래! 그런 거 필요하지. 돈은 있어? 엄마가 좀 줄까?"
"아니요. 디아이에서 월급이랑 나와요."
"그렇구나."

그냥 둘러댄 핑계에 유혜숙이 녹차를 마시면서 고개를 끄덕인 다음이었다.

"어머니, 제가 앞으로 뭘 했으면 싶으세요?"

질문이 이상했는지 강대경과 유혜숙이 의아한 눈으로 강찬을 보았다.

"솔직히 잘 모르겠어요. 제가 좋아하는 일이 뭔지, 앞으로 어떤 일을 하면서 살아야 하는지를요."

"갑자기 든 생각이냐?"

질문은 강대경이 했다.

"어제 미쉘이 그걸 물어봤는데 선뜻 답을 못했어요. 그냥 두 분은 어떤 생각이신지 궁금해져서 여쭤 보는 거예요."

유혜숙의 시선을 받은 강대경이 넉넉한 미소와 함께 입을 열었다.

"가끔 널 보면 고등학생이란 생각을 잊어버릴 때가 있는데, 이런 말을 하니까 이제야 고등학생 같구나."

강찬이 풀썩 웃는 것을 본 강대경이 온화한 표정으로 말을 이었다.

"당장 떠오르는 게 없으면 지금처럼 지내는 것도 나쁘지 않다고 본다. 아직 어린데 뭐가 걱정이냐? 정말 하고 싶은 일과 진짜로 사랑하는 사람을 아는 건 다 때가 있는 거다."
"우선 대학은 가야지."

강대경은 그런 말 할 줄 알았다는 투로 웃은 다음 입을 열었다.

"천천히 생각해. 그래서 가능하면 네가 정말 하고 싶은 일을 하고, 정말 사랑하는 사람과 결혼해."

"아버진 지금 하시는 일이 하고 싶은 일이셨어요?"

그냥 툭 하고 나온 질문이지, 의도하거나 목적을 가진 질문은 아니었다.

"군대를 나와서 아빠가 가장 하고 싶었던 일은 엄마를 행복하게 해 주는 거였어."

그런데 정말 뜻밖의 대답이 곧바로 나왔다.

"엄마와 가정을 꾸미고 그걸 지키기 위해서라면 어떤 일을 해도 행복하다고 여겼고, 그래서 아빤 정말 저건 꼭 해야지 했던 일이 하나밖에 없었다."

"그게 뭔데요?"

"엄마랑 결혼하는 거."

그런 말을 이렇게 진지하게 하다니.

강찬이 시선을 돌렸을 때 유혜숙은 멋쩍으면서도 감동한 얼굴이었다.

"네가 어떤 여자를 만나든, 네가 사랑하는 사람이면 아빠와 엄마는 만족해. 일도 마찬가지고. 다만 염려되는 사람, 그리고 걱정되는 일이 아니었으면 하는 바람은 있다. 알지?"

"예."

고맙고 감사했다. 아버지와 이런 이야기를 나눌 수 있다는 사실에.

그리고 이런 아버지가 되고 싶다는 생각이 들었다.

"우리 이거 치우자."

"내가 할게."

"어허! 일요일 한 끼야. 아들이랑 같이하는 즐거움을 뺏지 마."

"이이는!"

닭살이 돋을 것 같은 눈빛과 말투여서 강찬은 얼른 일어나 그릇들을 치웠다.

정리를 끝내고는 옷을 갈아입고 거실로 나왔다.

"저 다녀올게요."

"그래, 아들. 재밌게 지내고 와."

"다녀와라."

"예."

강찬을 배웅한 유혜숙이 거실로 걸어왔다.

"여보, 우리 아들이 또 불쑥 컸지?"

"그래? 난 요즘 찬이가 10살쯤 더 먹은 것처럼 느꼈다가 모처럼 고등학생이었지 싶은데?"

"당신도! 찬이가 10살을 더 먹었으면 지금 스물아홉이게?"

"난 그렇게 느낄 때 많았어."

강대경이 아예 고개까지 끄덕이며 말을 이었다.

"그래서 난 찬이가 당장 결혼하겠다고 해도 그렇게 놀라지 않을 것 같은데?"

"누구랑? 설마 그 미쉘이란 아가씨는 아니겠지? 여보?"

"그 아가씨가 어때서?"

강대경의 웃는 얼굴 앞에서 유혜숙은 걱정스러운 표정이었다.

"나이도 많고, 외국인이기도 하고."

"아이구, 사모님. 찬이가 그 아가씨 대하는 거 못 봤어? 아주 애 취급하더구만. 우리 그냥 찬이가 좋다는 사람에 대해서는 다른 말 하지 말자. 당신은 미영인가 하는 애랑 결혼한다고 해도 걸릴 거 같은데?"

"걔를 왜?"

"미영이 엄마 대하는 당신 표정이 별로던데, 뭘."

"잘난 체하느라고 찬이 힘들게 할까 봐 그렇지."

"이거 봐. 벌써 생각해 놨지."

강대경이 웃자 유혜숙이 밉지 않게 눈을 흘겼다.

"여보, 당신이 나 기다려 준 거, 나 때문에 유학 포기한 거, 장모님이 반대하셨으면 우리가 얼마나 힘들었겠어? 그러니까 우리도 찬이한테 다른 욕심은 갖지 말자. 그리고 아직 고등학생이잖아. 군대 다녀올 때까지 그냥 지켜보면서 연습하자. 찬이의 선택을 존중할 수 있게."

심란한 표정을 짓는 유혜숙의 등을 강대경이 다독여 주었다.

⚜   ⚜   ⚜

미쉘과 만난 강찬은 백화점에 가서 이런저런 옷과 구두, 운동화 등을 샀다. 소위 명품이라는 양복에서부터 라노크를 만날 때 입어도 괜찮을 만한 편안한 옷들을 샀는데, 가격은 상상을 초월했다.

솔직히 이런 비용을 들여서까지 옷을 사는 게 맞는가 하는 심정이었는데 '오늘 산 옷에 지금까지 입던 옷을 섞어서 입으면 돼.' 하는 미쉘의 말을 듣고는 다른 말을 하지 않았다.

2시간가량이 훌쩍 지나갔는데 반나절 정도 쉬지 않고 달린 것처럼 진이 쭉 빠졌다.

"이제 어머님 것 좀 사자, 차니."

"어머니?"

"이런 날 그냥 들어가면 서운해하셔. 아버님도 넥타이 하나쯤 사 가야지."

그런가? 생각지 못했던 일인데 솔직히 마음 써 주는 것이 고맙기도 했다.

"차니, 어머님과 아버님 거는 내가 살게."

"그러지 말자. 골라 주기까지 했는데."

"대신 점심 사 줘."

미쉘이 성의라고 말하는 바람에 더는 말리기 어려웠다.

길었던 쇼핑이 그렇게 끝났다.

아침까지 연타석 양식이어서 한식을 먹고 싶었는데, 밥을 사기로 했던 참이라 그냥 미쉘이 택한 걸 먹을 생각이었다.

미쉘은 한남동 어림에 차를 세웠다.

"여기 육개장이 맛있어."

속을 읽힌 것 같아서 풀썩 웃음이 나왔다.

맛있게 점심을 먹고 근처의 카페에서 차를 마셨다. 한가한 일요일 오후의 햇살이 나쁘지 않았다.

"이제 가자."

미쉘은 순순히 자리에서 일어났다. 끈적거리는 것 같다가도 이럴 땐 편안하게 대해 준다.

"집 앞에선 못할 테니까 지금 안아 줘."

애정 결핍도 아니고. 팔을 뻗어 안아 주자 미쉘이 가슴에 얼굴을 묻었다.

"또 걱정되는 일 하는 거 아니지?"

"그럴 게 뭐 있어."

"차니, 다치면 안 돼."
 몸을 뗀 미쉘이 강찬의 손을 잡았다.
 서양 애들은 손도 매력적이다.
 그런데 이런 여자들이 나이가 들면 동화책에 나오는 마귀할멈 스타일이 된다.
 곱게 늙은 프랑스 여자? 글쎄, 강찬은 지금까지 10명을 채 못 봤다.

 차는 금방 집 앞에 도착했다.
"나중에 통화해, 차니."
"그래."
 옷을 가지고 내린 강찬은 곧바로 집으로 올라갔다.
"다녀왔습니다."
 TV를 보고 있었던 게 분명한 유혜숙이 현관에서 강찬을 맞아 주었다.
"다녀왔니? 그게 오늘 산 거야?"
"예."
 강찬은 쇼핑백을 현관 앞에 내려놓고 강대경과 유혜숙의 물건을 찾았다.
"이거 하고, 또?"
 2개를 찾은 그는 유혜숙에게 건넸다.
"미쉘이 사 줬어요. 이건 아버지 거, 이건 어머니 거래요."

"미쉘이?"

뜻밖의 선물에 강대경과 유혜숙이 놀라는 얼굴이었다.

강찬이 방에 옷을 놓고 나왔을 때 두 사람은 포장을 풀고 있었다.

"어머! 정말 예쁘다! 여보? 이거 어때?"

"잘 어울리는데?"

유혜숙이 들고 있는 블라우스는 강찬이 봐도 세련돼 보였다.

"당신 건 넥타이네? 미쉘이 감각이 대단하구나. 다음번에 정말 동대문 한번 같이 가야겠다."

이런 거였구나.

두 사람이 흡족해하는 것을 보며 강찬은 좀 더 사 올 걸 하는 생각을 했다.

"아들, 과일 먹을래?"

"그럴까요?"

모처럼 가족과 한가한 일요일 오후를 즐기는 것도 나쁘지 않겠다.

"뭐예요?"

"대서양과 태평양 심해에서 엄청난 지진이 있었나 보다. 쓰나미 주의보가 내려서 하와이부터 유럽까지 해안가가 난리다."

유혜숙이 과일을 가져와 깎는 동안 강대경은 TV 뉴스에 나온 내용을 설명해 주었다.

당최 요즘은 뉴스만 나오면 사상 최고다.

"지진의 범위가 이렇게 넓고 강했던 적도 없고, 또 바다 두 곳에서 동시에 일어난 적도 없단다. 자칫하면 지각판 전체가 흔들릴지 몰라서 로스앤젤레스나 하와이, 그리고 작은 섬들은 존폐 자체가 걱정된다는구나."

아무리 그래도 양진우만큼 위험하진 않을 거다.

강찬은 강대경에게 참외를 건네주고 한쪽을 입에 넣었다.

엄청난 해일만 아니라면 저런 지진이 한국과 일본 사이에 하나 콱 터져 주었으면 싶기도 했다.

제6장

이제부터다

월요일.

강대경과 유혜숙이 출근하자 강찬은 잠시 거실에 앉았다. 불현듯 세상과 동떨어져 있는 기분이 들기도 했다.

"일단 숙제부터 하자."

강찬이 양진우를 처리하기로 결심한 순간이었다.

김형정에게서 전화가 걸려 왔다.

"여보세요?"

[강찬 씨, 괜찮으시면 제 사무실에서 뵐 수 있을까요?]

"알겠습니다. 바로 갈게요."

흔한 안부 인사 한마디 없는 통화다.

반드시 하고 싶은 이야기가 있으리라 짐작한 강찬은 곧바로 옷을 갈아입었다.

아파트를 나와 택시의 뒷자리에 앉아 창밖을 보았다.

거리는 평화로웠다.

유라시아 철도, 테러, 해저터널, 지진과 쓰나미.

방송에서 떠들어 대던 엄청난 사건들을 일상이 꿀꺽 삼키고 모른 척 삶을 펼쳐 낸다.

몽골에서 비통하게 죽은 특수요원들이 만들고 지켜 낸 나라다. 그런 곳에서 허하수가 나라를 팔아먹고, 양진우 같은 놈들이 힘없는 사람을 죽여 가며 부귀영화를 누린다.

다시 태어난 이유가 개새끼들 틈에서 평범한 사람들을 지키라는 건가?

강찬은 풀썩 웃고 말았다.

"거창하기도 하다."

"예?"

창밖으로 보며 무심코 뱉은 말에 기사가 반문했다.

"날씨가 좋아서 혼잣말한 거예요."

"그렇죠. 이제 아침저녁으로 가을 냄새가 납니다."

나이가 제법 든 기사가 룸미러로 강찬을 힐끔 보았다.

"그런 양복은 비싸겠지요?"

"이거요?"

강찬은 바로 대답하지 못했다. 미쉘과 산 양복인데 강찬의 생각에도 가격이 허술하지 않았다.

"아들이 이번에 취직합니다. 양복 한 벌 사 주려는데 만만치 않네요. 저를 닮아 키 작고 뚱뚱해서 옷이라도 좋은 놈을 입혀 주고 싶은데 좋은 양복은 어휴, 이 벌이로는 쉽지 않네요."

비싼 옷을 사 주지 못하는 아쉬움과 자식에 대한 뿌듯함이 얼굴에 가득 담겨 있었다.

"좋은 데 취직하셨나 보네요."

"삼정이라고."

답을 한 기사가 힐끔 강찬을 보았다. 그게 얼마나 좋은 직장인 줄은 몰라도 저런 눈초리를 모른 척하기는 어렵다.

"대단하네요."

"남들이 다 그렇게 얘기하는데, 봐야지요. 허허허."

기쁜 얼굴이었다.

기사의 자랑을 두 마디쯤 더 듣고 났을 때 삼성동에 도착했다.

"감사합니다. 좋은 하루 되세요."

"기사님두요."

요금을 내면서 저 택시 기사가 양진우보다 천만 배쯤 훌륭한 아버지란 생각을 했다.

5층으로 올라가는 순간에 역시나 문이 열렸다.

"어서 오세요, 강찬 씨."

"저 오는 것만 보시는 건 아닐 텐데 어떻게 매번 직접 문을 열어 주세요?"

"건물 감시하는 직원이 따로 있습니다."

김형정이 강찬을 안내하며 답을 했다.

하긴 그렇기도 하겠다.

커피를 직접 가져온 김형정은 문을 닫은 후 강찬의 맞은편에 앉았다.

"우선 담배 하나 하시고."

둘이 담뱃불을 붙인 다음이었다.

"솔직히 사표를 낼 생각이었습니다. 강찬 씨를 잃으니 아예 사표 내고 제 손으로 양진우를 처리할 생각이었지요."

저런 말을 저렇게 사명감 가득 담은 눈빛으로 하다니. 우직한 건지, 단순한 건지 종잡기가 어려웠다.

강찬이 풀썩 웃는 것을 본 김형정이 비슷하게 웃었다.

"원장님께 다 말씀드렸습니다. 물론 강찬 씨가 그렇게 전해 달라고 했단 평계를 댔으니까 나중에 알아서 말씀해 주셔야 합니다."

"뭔데 이렇게 서두가 길어요?"

"그랜드 서클이라는 게 있습니다."

"그랜드 서클이요?"

"재벌과 재벌, 그리고 재벌과 정치권이 결탁한 세력입니다. 이용 목적에 따라 결혼 등을 통해서 친, 인척의 관계를 맺지요."

중세 시대도 아니고, 참 지랄들 한다.

"권력과 부를 지키기 위해 끝없이 욕심을 부리는 사람들에게 그랜드 서클에 들어갔다는 것은 대대손손 부를 누릴 수 있는 자격을 받았다는 의미쯤 될 겁니다."

"후우! 재벌이나 정치하는 사람들은 다들 여유 있게 살지 않나요? 왜 꼭 그런 짓을 해야 하는 건지 정말 모르겠네요."

"지키고 싶은 거겠지요. 새로운 정권, 깨어 가는 국민들 사이에서 영원한 부를 누리고 싶어서 그런 거라고 봅니다."

"그래서 그렇게 유라시아 철도를 반대했던 거겠군요."

강찬이 인상을 찌푸리며 커피를 한 모금 마셨을 때였다.

"양진우는 그랜드 서클의 정점에 있는 사람입니다. 이번에 죽은 그의 며느리 둘과 사위 역시 전부 30대 재벌가의 자식이고, 그중 한 명은 전 국무총리의 딸이었습니다."

죽은 사람들에게는 미안하지만, 정말 엿 같은 소리다.

"양진우의 처리를 함부로 결정하지 못한 데는 이런 사정도 있었습니다. 자칫하면 기득권 전체와 싸워야 하기 때문입니다. 그들이 경영하는 기업과 가진 재산을 일시에 해외로 옮겨 버리고, 그와 더불어 정치권에서 분탕질을 해 대면 당장은 견디기가 어려우니까요."

"기업을 그런 식으로 옮길 수 있나요?"

"그뿐만 아니라, 당장 실생활에 반드시 필요한 공급 업체 등을 해외에 매각할 겁니다."

솔직히 강찬은 못 알아들었다.

"살아가는 데 꼭 필요한 회사들을 외국에 팔아 버리면 가격이 급상승할 겁니다."

"그럴 수도 있나요?"

"이미 전 정권에서 특혜로 민간에게 팔아 버린 회사들은 그렇게 만들 수 있습니다. 독점이니까요. 도시가스처럼."

"기가 막히는군요."

"자기들끼리 외국에 회사를 만들어서 결국 해외에서 조종하려 들겠지요. 국내에서는 명분을 만들어 대통령을 탄핵하려고 할 거구요."

"후유!"

듣기만 해도 답답한 이야기라 강찬은 바로 담배를 꺼내 들었다.

"지금부터 드리는 말씀은 대통령님이나 총리님은 모르는 일로, 원장님 독자적 결정 사항입니다."

김형정이 숨을 들이마신 다음 굳은 얼굴로 입을 열었다.

"그랜드 서클 중에서 양진우와 같이 테러 지원을 하는 인물, 그리고 허하수처럼 우리의 군사기밀을 팔아먹는 정치인을 법적 테두리에 상관없이 처리할 특수팀을 구성하기로 했습니다."

담뱃불을 붙이는 동안에도 김형정의 얼굴은 풀리지 않았다.

"책임은 제가 맡았습니다. 앞으로 이 일과 관련해서 스캔들이 생기면 제 독자적인 판단에 의한 행위이고, 원장님이 공동 책임지시겠답니다. 이 사실을 아는 사람은 원장님, 저, 그리고 강찬 씨, 이렇게 셋뿐입니다."

강찬은 나직하게 숨을 내쉬었다.

"잘못되면 팀장님은 살인마의 누명을 덮어쓰고 죽어서도 손가락질을 받을 수 있습니다."

"강찬 씨가 양진우를 죽이고 프랑스에 가겠다고 할 때도 그런 결심이었던 것으로 압니다."

이런 사람이 있는 걸, 이 사회와 태워다 주었던 택시 기사는 절대 모를 거다.

"이 일에 강찬 씨의 힘이 절대적으로 필요합니다. 도와주시겠습니까?"

강찬이 피식 웃자, 김형정이 비슷하게 웃었다.

"제가 꿈꾸는 나라를 만들 수 있을지 모른다는 생각에 가슴이 설렙니다. 기업들이 수십조 원의 이익을 내는 동안 국민들이 터무니없이 비싼 전기세에 고통받는 것도 싫고, 국가가 관리해야 하는 공공 서비스를 몇몇이 나눠서 배불리 처먹는 모습도 싫었습니다. 최소한의 치료를 보장받고, 삶이 힘겨워서 스스로 목숨을 끊는 일이 없는 나라를 만들 수 있다면 전 지금부터 지옥 길을 걷겠습니다."

뜻은 좋은데 강찬에게는 너무 거창하게 들렸다.

"유라시아 철도를 반드시 연결해서 국민들이 행복한 나라, 대한민국에 태어난 것에 감사하는 나라를 만들어 보겠습니다."

김형정은 긴장한 얼굴을 풀지 않았다.

"도와주시는 거죠?"

답을 듣고 싶은 거다. 그래서 확신을 얻고 싶은 게 맞다.

"양진우 하나 죽이려던 일이 너무 거창해졌는데요?"

"그를 죽이면 어차피 고구마 줄기처럼 튀어나와 강찬 씨와 부딪쳤을 일입니다."

쉽게 끝날 일이 아니다. 계속해서 손에 피를 묻혀야 하는 일이고, 시작과 동시에 평범하게 살고 싶다는 꿈은 모조리 강에 던지는 것과 같은 선택이었다.

앞으로 어떤 일을 하며 살지는 결정 못했다. 하지만 적어도 강대경과 같은 가장이 되고 싶었다.

강대경, 유혜숙, 그리고 김미영이 이런 선택을 이해하고 받아들일 수 있을까?

강찬의 선택 때문에 평생을 손가락질받으며 살지도 모른다.

거기에 기득권과의 싸움에서 진다면?

불쌍하게 죽은 자매보다 더 비참한 최후를 강대경과 유혜숙이 맞게 되는 거다.

강찬은 김형정을 보았다.

저런 눈을 가진 남자의 뜻을 물리쳐?

바로 며칠 전에 이 자리에서 비겁하지 않냐고 따져 놓고, 정작 답을 가져오자 꼬리를 뺀다고?

이게 숙명이라면, 그래서 전투 중에 죽은 사람을 이곳에 처박은 거라면…….

오냐. 당당하게 맞서 싸워 주마.

"석강호는 넣어 주시죠?"

"제가 책임자 아닙니까? 이 일은 원장님께도 따로 보고 드리지 않습니다."

"양진우 이 새끼, 오늘부터 꿈자리 좀 뒤숭숭하겠는데요?"

"고맙습니다, 강찬 씨."

김형정이 손을 내밀었다.

낯간지럽긴 한데 거절하기도 어려워서 강찬은 그의 손을 꼭 잡아 주었다.

이후에 개략적인 의논이 있었다.

예산은 유니콘 프로젝트에 책정됐던 100억을 우선 사용한다고 들었고, 필요한 무기와 장비는 김형정이 비공식 루트를 통해서 조달하기로 했다.

몇 가지 사안을 먼저 알려 준 김형정이 누런 종이봉투를 잡더니 사진과 서류들을 강찬 앞에 펼쳐 놓았다.

"프랑스 정보총국에서 협조해 준 자료입니다. 양진우의

경호원으로 있는 10명의 인적 사항입니다."

강찬은 서류를 하나씩 넘겨보았다.

러시아에서 위탁 교육을 받은 것으로 되어 있고, 심지어 아라비아 등지에 파견되었던 요원들도 있었다.

"만만치 않겠는데요?"

"경력을 보고 놀란 부분도 없잖아 있습니다. 참, 그리고 양진우의 남은 아들 셋이 모두 이혼소송을 시작했습니다."

이건 또 뭔 소리야? 강찬이 남은 커피를 털어 넣는 것을 보며 김형정이 설명을 이었다.

"아무래도 낌새가 이상하다고 여긴 거죠. 재벌이라 불리는 사람들은 각기 정보망을 가지고 있으니까요. 자기들과는 관련 없다는 것을 보여 주는 겁니다. 관계 끊을 테니 건드리지 마라, 뭐 그런 느낌이라고 보시면 맞을 겁니다."

개새끼들.

강찬은 피식 웃고 말았다.

⚜ ⚜ ⚜

양진우가 불만 가득한 두꺼비처럼 볼을 부풀린 채 창밖을 보고 있을 때였다.

뚜우우.

집무실에 마련된 소파의 인터폰이 울렸다.

달칵.

양진우가 버튼을 누른 다음이었다.

[허 의장님, 의원님, 그리고 권 보좌관 모두 전화를 받지 않습니다. 의원 사무실에선 외출했다는 답만 들었습니다.]

간결한 보고가 조심스러운 목소리로 들렸다.

양진우는 대답도 하지 않고 인터폰에서 손을 뗐다.

"해저터널로는 안 된다고 보는 거다?"

손발이 잘리고 있다.

로비 자금 10조를 손에 넣었다고 해도 누군가 받아 주어야 효과가 있는 건데, 당장 자식들마저 이혼당하는 처지가 되었다.

"문재현, 이 천한 놈 때문에 이런 망신을 당하다니. 허, 허 허허."

웃음소리와 달리 양진우의 눈빛은 사납게 빛났다.

달칵.

양진우가 다시 인터폰의 버튼을 눌렀다.

[네, 회장님.]

"사장단 회의를 소집해. 한 사람도 예의가 없도록."

[알겠습니다, 회장님.]

버튼을 내려놓은 양진우가 손에 이마를 걸치고 문 앞을 보았다.

"가네마루 상에게 계획했던 대로 진행하라고 전해라."

"하이!"

코타로우가 고개를 숙이며 답을 한 직후였다.

"이렇게 된 이상, 애송이와 그 부모도 바로 처리해라. 가능하겠지?"

"아무리 설쳐 봐야 고등학생일 뿐입니다."

"경호하는 인물들이 예사롭지 않아. 방심은 금물이다."

"회장님께 최정예 요원의 실력을 보여 드리겠습니다."

양진우가 고개를 끄덕였다.

⚜ ⚜ ⚜

사거리 커피 전문점에 들어선 석강호는 눈짓을 하고 곧바로 주문대로 향했다. 저녁 시간이라 테라스가 붐벼서 긴한 이야기를 하기는 어려웠다.

"이거 정신 사나워서 제대로 말도 못하겠소."

아이스커피를 들고 온 석강호가 툴툴거렸다.

아닌 게 아니라, 바로 옆자리에서 떠드는 말이 고스란히 들렸다.

"됐어. 좀 기다렸다가 오는 대로 밥 먹으러 가자."

"그러면 되겠소."

석강호가 말을 하고는 강찬을 넌지시 보았다.

"대장, 한 10억쯤 있소?"

이 새끼가 왜 돈 얘기를 하지?

"땅은 포기했고, 적당한 건물 하나 살까 해서 그렇소."

"건물?"

"대장 있는 돈이랑 내 거 다 털어서 건물 하나 삽시다. 임대료 받은 걸로 용돈 하고 이렇게 커피 전문점 돌아다니지 않아도 되고."

귀가 솔깃한 제안이었다.

"그럴 거면 네 돈 쓸 게 뭐 있냐? 지난번에 땅 사려던 돈 그대로 있다."

"어때요? 운동실 하나 만들고, 개인 사무실 하나 차리면 이리저리 떠돌아다니지 않아도 거기서 다 해결되잖겠소?"

"봐둔 게 있냐?"

"대충 알아보겠소."

"지난번처럼 서두르다 또 홀링 날려 먹지 말고."

"에이! 그런 건 좀 잊어버리쇼."

석강호가 계면쩍은 얼굴로 아이스커피를 마실 때였다. 사람들의 시선을 한 몸에 받으며 스미든이 들어섰다.

"대장!"

"앉아."

"커피 하나 사 오구요."

발음은 어색했지만, 뜻이 통하는 데 전혀 지장 없는 한국말이었다.

잠시 후, 스미든이 커피를 들고 자리에 앉았다.
"양진우가 온다는 소식이 없네요."
"지금 거기 갈 정신 없을 거다."
"원래도 1년에 한두 번 온다고 했어요."
스미든의 대답을 들은 석강호가 놀란 눈을 했다.
"한국말 많이 늘었다?"
"너보다 똑똑해."
"이 개새끼가?"
"욕 나쁜 거라고 했지?"
"그만해라."
서양 놈 하나와 투박하게 생긴 한국 놈이 욕을 해 대는 모습에 시선이 단박에 달려왔다.
"저녁 안 먹었지?"
"그래요."
이런 답은 좀 이상하지만, 아무튼 알아듣는 데 문제는 없다.
"밥 먹으러 가자. 뭐 먹을래?"
"돼지갈비요."
이 새끼가 그동안 무슨 짓을 하고 다닌 거지? 강찬이 의아한 시선으로 볼 때 스미든은 몸을 일으키고 있었다.
아무튼 식당으로 향했고, 메뉴는 스미든이 정한 돼지갈비였다.

머리가 노랗고, 눈이 파란 미국 놈이 돼지갈비를 상추에 싸서 입에 가득 처넣고 폭탄주를 마신다.

"아줌마, 여기 매운 고추랑 고추장 좀 주세요."

거기에 손까지 들어가며 주문을 하는 타람에 또다시 손님들의 시선을 한 몸에 받았다.

"한국말을 잘하시네."

"고마워요, 예쁜 아줌마."

"어쩜 말을 이렇게 예쁘게 하셔. 더 필요한 건 없고?"

"이따가 된장국 주지요?"

강찬이 심오하게 한숨을 내쉬는 앞에서 스미튼이 연신 너스레를 떨어 댔다.

"그런데 여기 이분은 어디서 많이 뵌 분 같은데? 혹시 탤런트 아니에요?"

"닮은 사람이 있나 보네요. 맥주 한 병 더 주세요."

강찬은 관심을 떼기 위해 주문을 했다.

"스미튼."

"그래요."

주둥이에 고기를 가득 처넣은 놈이 또 이상하게 답을 했다.

"이제 됐으니까 양진우 여자들 안 만나도 돼."

스미튼이 난처한 얼굴로 입에 남은 음식을 꿀꺽 삼켰다.

"대장, 단번에 정리 안 하고, 두 달 정도 시간을 가져도 되

이제부터다 • 225

지요?"

"그건 너 알아서 하고."

"다행이네요."

여자에게 말을 배워서 그런지 여성스러운 말투였다.

"다예, 술 없어."

석강호가 인상을 버럭 썼다가 강찬의 눈치를 살피고는 술을 따라 주었다.

"대장, 알고 싶어요."

"뭘?"

"이제 어떻게 할 거예요?"

굵직한 음성으로 하는 여자 말투가 슬슬 짜증 나려는 참이다.

"그냥 이대로 털어 버릴까 해."

"털어?"

"그만두겠다고."

"예."

석강호는 놀란 얼굴이고, 스미든은 못 미더운 눈치였다.

"편하게 살자. 이거저거 귀찮다."

적당히 배가 불러서 식당을 나가고 싶었는데, 스미든은 꾸역꾸역 된장국에 밥을 다 처먹고서야 몸을 일으켰다.

"가요."

"그래. 적당히 하고 정리 잘해."

"알았어요."

스미든이 아쉬운 얼굴로 떠난 뒤에 강찬과 석강호는 다시 커피 전문점으로 자리를 옮겼다.

아까보다는 많이 한가했다.

"정말 양진우 건에서 손을 뗄 건 아닐 테고, 뭐요?"

음료수를 2잔 들고 온 석강호가 바싹 다가앉았다.

"스미든 때문에 그런 거고, 사실은."

강찬은 낮에 김형정과 나눈 이야기를 모두 들려주었다.

"완전히 특수팀 아니오? 김 팀장 그 양반이 또 그런 배포가 있네."

"방법을 찾는 대로 양진우는 바로 저거할 생각이다. 그렇게 알고, 느낌이 안 좋으니까 당분간 조심해서 다녀."

"알았소."

석강호가 만족한 듯 히죽 웃을 때였다.

"다예."

"예."

강찬이 나직하게 부른 소리에 석강호가 바로 웃음을 지웠다.

"감이 안 좋아. 정신 똑바로 차리고 주변 경계하고 다녀."

"그 정도요?"

"오후부터 그래. 영 찜찜하거든."

"조심할 테니 염려 마쇼. 대신 빨리 헤치워 버립시다."

"그러자."
석강호가 주위를 둘러보았다.

⚜ ⚜ ⚜

월요일.
새벽에 일어난 강찬은 늘 하던 대로 집을 나섰다.
벌써 가을의 탈을 뒤집어쓴 새벽은 서늘한 한기를 뿌려 댔다.
"후우."
밤사이 굳은 몸을 풀어 주는 참이었다.
왼팔을 뻗어 오른팔로 당기던 강찬은 몸을 돌리는 척하며 주변을 둘러보았다.
누군가 노리고 있는 느낌.
이른 시간에 출근하는 몇 사람만 보일 뿐, 딱히 의심 가는 사람은 보이지 않는다.
'개새끼 때문에 운동도 마음대로 못하겠네.'
운동을 거르고 싶지는 않았다.
잠시 주변을 더 살핀 강찬은 날을 세우고 아파트를 빠져나갔다. 그러나 찜찜한 느낌 탓에 달리기에 집중하기 어려웠다.
누군가 노리는 것을 알면서 무방비로 달리는 것은 전쟁터

한가운데서 조깅을 하는 것만큼이나 미련한 짓이다.

강찬은 1킬로미터쯤 달리고 나서 걷기 시작했다.

어딘가에 최종일이 있겠지만, 요원들이 나선 제거는 한 방에 끝난다.

게다가 지대공미사일을 들고 나타나는 판국이 아닌가. 감이고 지랄이고, 총알 한 방이면 상황 종료다.

강찬은 인상을 찌푸리며 숨을 토해 냈다.

일단 운동은 여기까지만 하기로 했다.

'인도를 이용하는 거라 자동차에 치일 일은 없는 거고.'

그가 아파트 입구를 향해 몸을 트는 순간이었다.

부아아앙.

거친 엔진 소리에 퍼뜩 시선을 돌리자 오토바이 한 대가 곁을 스치고 지나갔다.

'저 새끼구나.'

이런 건 온전히 감이다.

전투 중에도 이런 짓은 한다.

의미 없어 보이는 총질을 해 대는데, 목적은 적을 죽이려는 게 아니라 자꾸만 긴장시켜서 지치게 만들겠다는 의도다.

이럴 놈은 하나밖에 없다.

"이렇게 나온다 이거지?"

강찬은 피식 웃으며 집으로 올라갔다.

강대경과 유혜숙은 아직 일어나지 않았다. 조용하게 방으로 들어가서는 먼저 석강호에게 전화를 걸었다.

 벨이 한참 울린 뒤다.

 [무슨 일이요?]

 이제 일어났는지 깔깔한 목소리로 다급하게 받았다.

 "아무래도 양진우가 나를 노리는 거 같다. 그날 경호에 참석했었으니까 저쪽이 너도 알 거야. 둘이 자주 만났고."

 [이 새벽에 나타났었소?]

 할 수 있다면 물을 한 잔 먹여 주고 싶은 목소리였다.

 "오토바이를 타고 지나간 놈이 있는데 맞는 거 같다. 길 다닐 때 조심해. 막말로 차로 죽이고 교도소 한 놈 보내면 너나 나나 그냥 끝이다."

 [이런 개……! 크흠, 알았소. 다른 일은 없는 거요?]

 졸린 목소리로 '누구야?' 하는 말이 들려왔다.

 "운동 못한 거 말고 없다."

 [알았소. 이따가 다시 전화합시다.]

 전화를 끊은 강찬은 기분을 털어 내고 방에서 맨손운동을 했다.

 조금 일찍 하는 샤워다.

 거실로 나갔을 때 유혜숙이 방에서 나오고 있었다.

 "아들!"

 유혜숙이 당황한 얼굴로 거실의 시계를 보았다.

"오늘은 그냥 방에서 간단하게 운동했어요."

"왜? 어디 아파?"

"아니요. 하루쯤 쉬고 싶어서요."

유혜숙에게 웃어 준 강찬은 샤워실로 들어갔다.

'원하는 대로 해 주지.'

일본 요원들도 데려왔고 윤봉섭과 같은 조직도 아직 두 곳이나 남았으니 힘을 쓰고 싶은 걸 거다.

죽이면 속 편해지는 것을 아는 놈은 절대로 양보라는 걸 하지 못한다.

이런 싸움이 시작됐다면 시간을 끌어서 좋을 건 없다.

자신을 직접 노렸다면 강대경과 유혜숙도 또 대상이 됐다는 의미와 같다.

샤워를 마치고 나와 유혜숙을 거들어 주었고 식사도 마쳤다.

"다녀오세요."

"아들, 다녀올게."

"저녁에 보자."

두 사람이 출근하자 강찬은 곧바로 전화기를 들어 김형정과 통화했다. 삼성동 사무실로 가겠다는 간단한 내용이었다.

⚜　　⚜　　⚜

커피를 가져온 김형정에게 강찬은 새벽에 있었던 일을 설명했다.

"흠, 강찬 씨가 그렇다면 그게 맞는 거겠지요."

국제호텔에서의 일을 아는 김형정이 받아들이려는 얼굴로 고개를 끄덕였다.

"팀장님, 양진우가 윤봉섭과 같은 조직 두 곳을 가지고 있다는 건 알고 계시죠?"

"그거야 지난번 자료에 나와 있던 내용입니다."

"오늘 치죠."

김형정이 커피 잔에서 퍼뜩 시선을 들었다.

"저를 노린다면 저쪽도 그만한 각오를 했다는 겁니다. 이럴 때 생각이 많으면 집니다."

김형정은 답을 하지 못했다.

"당하는 게 벌써 몇 번째입니까? 그러니까 제 뜻대로 하시죠."

"흠."

강찬이 담배를 꺼내자 굳은 표정으로 있던 김형정도 담배를 입에 물었다.

"저쪽은 숫자가 많습니다."

"저, 팀장님, 그리고 석강호만 있으면 윤봉섭 같은 조직은 문제없습니다."

"다음은요?"

김형정이 라이터를 켜 주어서 잠시 대화가 끊겼다.

"법의 테두리 안에서는 상관없다면서요? 조일권과 윤봉섭 일을 고발하지 못한 이유가 뭐겠습니까? 두들겨서 증거 찾죠. 그리고 요원 놈들을 그리 오게 할 생각입니다."

"10명을 전부요?"

"그 정도는 자신 있으실 거 같은데요?"

"해 볼 만은 하지요."

강찬이 피식 웃는 것을 보면서도 김형정은 진지한 얼굴이었다.

"강찬 씨, 지대공미사일의 최종 입수 경로가 밝혀질지 모릅니다. 그렇다면 양진우는 끝장입니다."

"그건 법의 테두리 안에서 하는 일이구요."

"하여간 강찬 씨는 종잡기가 정말 어렵습니다."

김형정이 졌다는 투로 한숨을 내쉰 다음이었다.

"최종일을 부릅시다."

뜻밖의 제안이어서 강찬은 고개를 갸웃했다.

"전에 윤봉섭과 조일권 처리할 때 이미 힘을 보탰다고 들었습니다."

"이 일을 아는 사람은 원장님과 팀장님밖에 없다면서요?"

"석 선생도 알 거 아닙니까? 전에 사표까지 제출했던 요원이니까 이번에도 따를 겁니다."

전화기를 든 김형정이 강찬을 보았다.

이제부터다 • 233

"불편하시면 이번 일은 제가 맡은 임무라고 설명하겠습니다."

"공연한 일에 끼어들게 해서 그 친구들의 앞길을 망치는 건 아닌가 싶어서요."

"최종일은 제가 쭉 데리고 있던 요원입니다. 나중에 이런 임무에서 자기를 빼놓았다는 것을 알면 저한테 원망 많이 할 겁니다."

"최종일이 거절할 수도 있잖아요?"

"강찬 씨, 저와 김태진은 비무장지대에서 적의 목을 자르러 다녔습니다. 그때는 그랬죠. 내가 목 하나를 자를 때마다 우리나라가 얕보이지 않는다. 그리고 소중한 아들을 군에 보내 준 국민들을 위하는 길이다. 국가정보원에 들어온 것도 마찬가지 이유에서였습니다."

김형정이 다부진 눈빛으로 강찬을 보았다.

"국가에 이익 되는 일을 위해서 반드시 치워야 할 더러운 것이 있다면 내 손으로 한다."

"그건 팀장님의 결심이신 거구요."

"최종일은 제가 압니다. 제가 가르치다시피 했으니까요. 게다가 일본 요원들까지 있는 일입니다. 우리 요원들은 절대로 그들에게 뒤지지 않습니다."

분위기가 이상하게 돌아가지만 나쁘지 않았다.

"부르시죠."

김형정이 만족한 눈빛으로 전화기의 버튼을 눌렀다.

"어. 나다. 셋 모두 올라와. 아! 올라올 때 앞에 커피 전문점 있지? 거기서 아메리카노 좀 사 와라. 강찬 씨 것두."

전화기를 내려놓은 김형정이 식은 커피를 마시고는 숨을 들이마셨다.

"강찬 씨, 부끄럽지만 몽골에 다녀오고 나서 매일 악몽을 꿉니다. 거짓말처럼 같은 꿈이지요. 산에 들어서는 순간, 셀 수도 없을 만큼 많은 늑대가 달려들어 물어뜯는 꿈입니다."

김형정은 라이터를 만지작거렸다.

"먼저 간 요원들에게 미안해서라도 관련된 놈들을 모두 죽여 버리고 싶었습니다. 그게 안 된다면 처절한 전투 현장을 계속 돌아다니고 싶습니다."

죄책감에 전쟁터나 작전 중에 죽고 싶은 거다. 저런 심정은 충분히 이해할 만했다.

"그런데 이것도 일이라고 규정과 법규가 몸에 배어 버렸나 봅니다. 틀에 갇혀 버린 거지요. 적국의 누군가를 암살하라는 명령이었다면 숨도 안 쉬고 달려갔을 텐데, 아직도 제 머릿속엔 양진우를 법의 테두리 안에서 지켜야 할 대한민국의 국민이라고 생각하는 모양입니다."

똑똑똑.

아무런 기척이 없었는데도 문을 두드린다. 방음 하나는 끝내준다.

김형정이 몸을 일으켰다.

"이제부터 양진우는 적국에서 파견한 고정간첩이라고 여기겠습니다."

달칵.

말을 마친 김형정이 문을 열자 최종일과 우희승, 그리고 이두범이 방으로 들어왔다.

이두범이 커피 5잔을 테이블에 올려놓았다.

반가운 마음이 들어서 풀썩 웃음도 나왔다.

"앉아."

고개 숙여 인사한 세 사람이 김형정의 말에 탁자에 앉았다.

"특수 임무가 있다."

김형정은 바로 말을 꺼냈다.

"요인 암살이다. 지금까지의 방식대로 국가와 국가정보원은 인정하지 않는다. 워낙 거물이라 실패했을 경우, 가족들이 받아야 할 고통이 상상하기 힘들다. 선택해라."

최종일은 숨도 쉬지 않고 입을 열었다.

"국가를 위해 봉사할 기회를 받은 것에 감사합니다."

답을 미리 연습하나?

강찬은 말없이 지켜보기만 했다.

"타깃은 누굽니까?"

"너희는 왜 답을 안 해?"

"조장이 답을 하기에 가만있었습니다."

우희승이 답을 했고, 이두범은 고개만 끄덕했다.

"타깃은 양진우다."

"알겠습니다."

최종일은 만족한 표정이었다.

"이제부터 계급장 뗀다. 편하게 말들 하자."

김형정의 말과 함께 분위기가 확 달라졌다.

커피를 마시며 담배도 물었다.

다섯이 한꺼번에 피우는 담배 연기를 천장의 환풍기가 소용돌이를 일으키는 것처럼 삽시간에 빨아들였다.

"작전은 짜셨습니까?"

"윤봉섭과 같은 사조직 2개가 더 있다. 오늘 그놈들을 족쳐서 가능한 정보를 수집하고 일본에서 들어온 요원 10명을 상대할 생각이다."

"죽여도 됩니까?"

"깡패들이야 그럴 필요 없지만, 일본에서 건너온 요원 놈들은 그렇게 할 생각이다."

김형정은 책상으로 움직여 서류를 몇 개 들고 왔다.

"이것들이 양진우의 남은 조직 2개다. 이놈들은 양진우가 직접 관리해서 그런지 정보도 거의 없다."

"단독주택이네요?"

강찬이 든 사진에 담긴 것은 커다란 정원을 가진 2층 주택이었다.
"한 곳은 성남이고, 다른 한 곳은 한남동입니다. 아마 한 곳을 치면 분명 연락을 받을 겁니다."
"좋네요."
강찬의 말에 4명이 동시에 시선을 주었다.
"한남동을 먼저 치죠. 그리고 성남으로 향하면 일본 놈들이 나타날 것 같은데요? 우리보다 숫자도 많은 데다 놈들도 요원이란 자존심이 있을 테니까요."
"그것도 나쁘지 않겠군요."
김형정은 완벽하게 마음을 정한 듯 물러서지 않았다.
"이 정도까지 조사해 놓고 왜 그냥 두신 거죠?"
"덮쳤을 때 아무 증거도 안 나오면 양진우는 미국으로 날아가서 온갖 짓을 해 댈 위인입니다. 공연히 작은 거 잡아봐야 공작이니 함정수사니 하는 소리를 해 댈 테니까 결정적인 증거를 잡으려고 했던 겁니다."
그도 그렇다. 재벌이 뭐가 아쉬워 그런 짓을 하겠냐는 소리가 틀림없이 나올 거다.
강찬이 고개를 끄덕이는 것으로 의논은 대강 끝났다.
"차량은 승합차를 하나 구하기로 하고."
김형정은 일사천리였다.
"무기는 권총과 대검이면 되겠죠?"
권총까지?

하긴 일본 놈들이 가져올지 모르니 없는 것보단 낫겠다.

강찬이 고개를 끄덕이는 것을 끝으로 출발할 일만 남았다. 한 놈만 빼면.

석강호를 어떻게 할지 잠시 고민한 후에 강찬은 전화를 들었다.

빌어먹을 약속!

⚜ ⚜ ⚜

지하 주차장에 세워진 승합차의 번호판을 바꾸었는데, 주차장 한쪽에 필요한 도구와 번호판이 20개쯤 여벌로 있었다.

아프리카의 전장과 달리 정보전은 이런 오묘한 맛이 있다.

건물 크기에 비해 주차장은 제법 넓었다.

승합차 3대, 대형, 중형 승용차가 각각 2대, 그리고 벤츠와 BMW가 각각 1대씩 있었다.

"강찬 씨, 이거."

김형정이 주차장의 안쪽을 열쇠로 열고 권총과 대검을 건네주었다.

"왜 그러십니까?"

"지하 주차장을 한번 털어야겠구나 싶어서요."

"여기 잘못 들어오면 바로 총을 쏩니다."

여기가?

주변을 둘러보았으나 딱히 경비 인원이 있을 만한 곳은 보이지는 않았다.

"주차장 출구가 두 곳입니다. 이곳을 드나들 때는 반드시 통지하고 움직이게 되어 있습니다. 통로 안쪽에 실제로 기관총이 매복되어 있구요."

고개를 끄덕이는 것으로 답을 대신한 강찬은 대검을 발목에 차고 권총을 허리띠에 걸었다. 오른쪽 허리에 붙은 등 쪽에 권총이 달리는 게 가장 편하다.

"석강호 것도 챙겨 주세요."

"알겠습니다."

준비가 끝나자 이전까지 없던 긴장감이 지하 주차장에 가득했다.

"출발하시죠."

김형정의 말에 강찬은 차에 올랐다.

얼굴이 기다란 이두범이 운전을 하고, 우희승이 조수석에 앉았다.

강찬과 김형정이 중간, 뒤로 최종일이 탔다.

김형정이 전화기의 버튼을 몇 개 눌렀고, 잠시 후에 '삐-이' 하는 소리가 들리자 차가 출발했다.

"긴급 출동은 못하겠는데요?"

"이곳은 작전 분석과 요원 배치, 특수 임무를 전담하기 때문에 비상 출동에 해당하지 않습니다.'

주차장을 나와 통로를 지나자 건물의 옆으로 출구가 있었다.

석강호만 아니면 맛있는 짬뽕 먹고 출발하는 건데.

강찬은 전화를 꺼내서 통화 버튼을 눌렀다.

[출발했소?]

"그래. 한 15분이면 도착할 거다."

[푸흐흐, 조퇴했소.]

이 새끼는 벌써 점심 대신 긴장을 꿀꺽 처먹은 게 분명했다.

"큰길가로 나와 있어."

[분식집 앞이오. 김밥 좀 살까 하는데?]

"야! 밥은 점잖게 먹자."

[알았소.]

전화를 끊자 김형정이 알 것 같다는 미소를 지었다.

길이 그렇게 막히지 않아서 석강호가 바로 올라탔다.

차가 달리는 동안 최종일과 우희승, 이두범과 간단하게 인사했고, 무기를 건네주었다.

석강호는 이미 긴장해서 눈이 번들거리고 있었다.

지금 싸우기 시작하면 언제 끝날지 도른다.

중요한 싸움이라 한 끼쯤 굶을 수 있지 않냐고? 처절한 싸움 중간에 힘이 쭉 빠지는 느낌을 안다면 그런 소리 못한다.

초짜는 긴장 때문에 밥을 제대로 못 먹는다. 그리고 일찍 퍼진다.

죽은 적, 그리고 아군의 시체 앞에서 어렵게 얻은 짬을 이용해 음식을 목구멍으로 넘길 때 알게 된다. 왜 작전이나 전투를 앞두고도 끼니때가 되면 꾸역꾸역 처먹는지를 말이다.

오늘 싸움이 길어지면 정작 저녁을 거를 수도 있다.

살고 싶다면? 처먹을 수 있을 때 제대로 먹어 두는 게 현명한 짓이다.

이두범이 한남대교를 건너 우회전을 한 다음 대로변 안쪽에 있는 식당에 차를 세웠다.

점심시간치고는 조금 일러서 아직 북적이지 않았다.

메뉴는 비빔밥이다.

가게 주인이 눈치를 살피며 밥을 가져다주었다. 시커먼 사내 여섯이 들어와 물 따르고 수저 놓은 다음, 멀뚱거리고 밥을 기다리는 모습이 예사롭지 않았던 모양이다.

식사는 5분 만에 끝났다. 계산하고 나와서 바로 옆에 있는 작은 커피 전문점에서 커피를 샀고, 승합차 앞에서 마셨다.

최소 20분은 시간이 필요했다.

깡패 새끼들에게 죽을 사람은 없고. 일본에서 왔다는 요원들이 문제인데.

 10 대 6이라면 할 만한 싸움이다.

 "개새끼 때려잡을 걸 생각하니까 커피도 맛있소."

 석강호가 눈빛을 번들거리며 웃었다.

제7장

더 꺼낼 게 있어?

한남대교를 건너서 식사를 마친 참이다.

목표했던 주택까지 10분이면 충분한 거리였는데 담배도 피웠고, 커피도 모두 마셨다.

이제 출발할 시간이다.

그런데 강찬이 건네준 빈 커피 잔을 이두범이 쓰레기통에 버리는 순간에, 가슴이 두근거리기 시작했다.

두근두근.

'빌어먹을.'

주택에 지뢰를 심어 놓은 것은 아닐 테고?

강찬의 눈빛을 다섯 사람 모두 보았다.

"왜 그러쇼?"

석강호가 입에 깨문 담배를 두 손으로 감싸듯 불을 붙이며 짧게 물었다.

"뭔가 있다. 작전에 나갔다가 멈출 만큼 중요한 거."

"그 정도요?"

강찬이 고개를 끄덕이자 석강호가 빠르게 주변을 둘러보았다.

"무슨 일입니까?"

이런 건 설명하기 더럽다. 아니, 방법이 없다.

"팀장님, 그냥 믿어 주시고, 상황을 한 번만 더 체크하죠. 행사장에서처럼 감이 더럽습니다."

"그렇다면 일단 한적한 곳으로 자릴 옮깁시다."

그날의 상황을 모두 지켜본 김형정은 두말하지 않고 강찬의 뜻에 따라 주었다.

다 같이 차에 올라서 골목 안쪽으로 움직였다.

두근두근.

지랄 같다.

매번 그렇지만 이런 일엔 확신이 없다. 어디에 어떤 위험이 있는지 모르면서 심장만 뛰는 거다.

강찬은 전면의 유리를 통해 밖을 노려보았다.

'뭐지? 뭐가 빠졌지?'

기껏 먼저 공격하기로 하고선 일을 벌이기 직전에 신호가 온 거다.

명령을 받아서 움직인 것도 아니다. 이 작전을 아는 5명이 전부 여기에 있는데?

"팀장님, 오늘 작전을 아는 사람은 우리뿐인 거죠."

"그건 확실합니다."

최종일과 우희승, 이두범은 상황을 이해하지 못하면서도 굳은 얼굴이었다.

강찬이 숨을 천천히 들이마실 때였다.

웅웅웅. 웅웅웅. 웅웅웅.

전화기가 울렸다.

주머니에서 꺼내는 순간 스미든의 이름이 보였다.

"상황만 말해."

이럴 때 다른 말은 필요 없다.

[대장, 훈련받은 놈들입니다. 커튼 쳐 놨고, 문 걸어 뒀습니다.]

"어떻게 발견했어?"

[창에 붙어서 사랑 나누다가.]

빠른 불어다.

웅웅웅. 웅웅웅. 웅웅웅.

옆에서 김형정의 전화가 울렸다.

"일단 버텨. 조치하는 대로 전화할기."

[알았습니다.]

스미든을 습격해? 이거였나?

통화를 끝낸 강찬이 고개를 돌렸을 때였다.

"알았다. 잠깐 기다려."

김형정은 다급한 얼굴이었다.

"아버님과 어머님 쪽에 적국의 요원으로 보이는 자들이 상담 중이랍니다."

뭐?

생각할 틈이 없었다.

강찬은 김형정의 전화기를 곧바로 귀에 가져갔다.

"강찬이다. 상황 설명해."

[아버님께는 자동차 대량 구매 명목, 어머님께는 재단 기부를 빌미로 각각 2명씩 상담 중입니다. 우리 요원이 뒤에 서 있기는 하지만 최악의 사태가 발생할 수 있습니다.]

이 개새끼들이!

"총기 소지했지?"

[조장 둘이 각각 배치되어 있습니다.]

"여차하면 바로 쏴 버려."

[사격 명령은 팀장님의 결정이 필요합니다.]

강찬은 김형정에게 전화기를 건넸다.

"사격 명령이 필요하답니다."

눈빛이 얼마나 번들거리는지 돌아보던 우희승이 얼른 김형정을 보았다.

김형정은 전화를 받자마자 '필요하면 사격해.'라고 명령을 내렸다.

석강호와 나머지 셋이 충분히 알 만한 상황이었다.

"우선 아버지 사무실로 출발하죠."

강찬의 말과 동시에 김형정이 고갯짓을 했다.

차가 출발한 다음이다.

"양진우 이 개새끼가 먼저 움직인 거요?"

"통화 좀 하고 얘기하자."

통화 버튼을 누른 강찬은 전화기를 귀에 댔다.

[보스, 지금 상담 중이야. 나중에 통화하면 안 될까?]

미셸까지?

"미셸, 듣기만 해. 정말 중요한 일이다."

혹시 몰라서 프랑스어로 말을 했다.

"주변에 다른 사람이 있으면 산이 좋은 거고, 혼자 있으면 바다가 좋은 거다. 얼굴에 표시 내지 말고."

[나는 아무래도 바다가 좋지.]

염병할!

"사무실이지?"

[공식적인 일이니까.]

"위험할 수 있어. 가능하면 여직원이라도 불러서 함께 있을 방법을 찾아봐. 몸을 뺄 수 있으면 그렇게 하고."

[알았어, 보스.]

"보스가 내가 아니라고 설명해."

[알았다니까.]

전화를 끊고 나자 정신이 아득했다. 한발 늦은 거다.

차는 한남대교를 건너 신호를 기다리는 중이었다.

강찬은 다시 통화 버튼을 누르며 김형정을 보았다.

"당장 부를 수 있는 요원이 얼마나 되나요?"

"그렇게 되면 이 작전이 외부로 알려지게 됩니다."

그렇기도 하겠다.

고개를 끄덕이는 동안 전화가 연결됐다.

[이 시간에 어쩐 일이야?]

"대표님, 지금 디아이라는 연예 기획사, 전에 지켜 주셨던 스미든의 집, 그리고 석강호 집이 위험합니다. 무기를 지닌 일본 정보국 소속 요원들일 수 있습니다. 대원들 파견해 주실 수 있나요?"

[근처의 경찰과 협조하마. 주소부터 불러 줘.]

강찬은 위치와 전화번호를 차례로 알려 주었다. 고맙다는 인사를 하기도 전에 먼저 전화가 끊겼다.

"팀장님, 차에 계시면서 상황 지휘하시고, 양진우가 지금 어디 있는지 알아봐 주세요."

멀리 강대경의 건물이 보였다.

"석강호, 우희승하고 아버지 사무실로 가라."

석강호와 눈이 마주친 순간이었다.

"느낌이 안 좋으면 무조건 죽여."

"알았소. 맡겨 두쇼."

차가 멈춰 섰다.

"최종일, 어머니 사무실 알지?"

"압니다."

드르륵.

문을 여는 순간, 강찬이 먼저 튀어 나갔다. 오피스텔 건물이라 사람이 제법 많았다.

"계단으로 가."

강찬의 말에 최종일이 엘리베이터 옆의 계단 출입구로 들어섰다.

한 번에 두세 계단씩 뛰어올랐다.

유혜숙이 놀라는 건 다음 문제다. 우선 구하고 봐야 한다.

발목에 찬 대검이 불쑥불쑥 보였는데 강찬은 주저하지 않았다.

양복을 입은 둘이서 험악한 눈빛으로 뛰어 올라가자 중간에 마주친 여자 한 명은 화들짝 놀라 벽에 붙기까지 했다.

"여깁니다!"

끼이익.

최종일이 문을 열며 가쁜 숨을 쉬었다.

복도로 나서는 순간, 요원인 듯한 여자 한 명이 빠르게 다가왔다.

"사무실 소파에 마주 앉아 있습니다. 이사장님 뒤에 조장과 요원 둘이 대기 중입니다."

 요원들이 없었다면 강대경과 유혜숙은 벌써 죽었을 거다.

 강찬은 고개를 끄덕이고, 사무실 문 앞에서 호흡을 골랐다.

 후우.

 '개새끼들이 어머니를 노려?'

 최종일이 바로 뒤에 붙었다.

 강찬은 사무실의 문을 열고 안으로 들어갔다.

 유혜숙의 뒤에 여자 요원 셋이 날카롭게 서 있고, 맞은편 소파에 특수 훈련을 받은 것이 분명한 두 놈이 있었다.

 "아들!"

 유혜숙이 놀라고 반가운 얼굴을 하는 순간이었다. 맞은편의 두 놈이 재빠르게 오른손을 뒤쪽으로 움직였다.

 와락!

 강찬은 곧바로 몸을 날려 가까이 있는 놈의 얼굴을 팔꿈치로 찍고, 멀리 있는 놈의 어깨를 걷어찼다.

 퍼억!

 짧은 순간이다.

 그런데 적이 강찬의 팔꿈치를 막고 옆구리를 찍었다.

 콰다당! 와락!

 강찬이 테이블로 넘어지는 순간, 최종일과 여자 요원 둘이 멀리 있는 놈에게 달려들었다.

파박! 팍! 팍! 파바박.

강찬은 상체를 일으키며 주먹과 손날을 뻗었다.

실전 경험이 많은 놈!

놈과 시선이 부딪칠 때 느낀 감정이었다.

퍼억!

최종일이 옆구리를 맞으면서 놈의 오른쪽 손목을 움켜쥐었다.

여자 요원 하나가 유혜숙을 끌다시피 책상 쪽으로 움직였다.

파바박! 팍! 파박!

강찬과 적이 탁자와 소파에 끼어 연신 손날과 팔꿈치를 부딪칠 때.

퍼억! 콰다당!

목을 얻어맞은 여자 요원이 탁자에 처박혔다.

팍! 파박! 타악! 팍!

강찬이 뻗은 손날을 적이 때려냈고, 적의 팔꿈치를 강찬이 밀쳐 냈다.

틈을 주면 권총을 꺼낸다.

최종일이 필사적으로 상대하는 놈의 오른 손목을 쥐고 있는 이유다.

이 정도로 강할 줄은 몰랐다. 시간이 너무 지체됐다.

강찬은 날아드는 놈의 팔꿈치를 위로 쳐냈다.

놈의 왼쪽 주먹이 곧바로 날아들었다.

맞아 주는 거다!

퍼억!

'크흑!'

놈의 왼 주먹이 강찬의 명치에 꽂히는 순간!

쩌걱!

오른쪽 주먹으로 놈의 턱 안쪽을 세차게 쳐올렸다.

"큭!"

염병! 숨이 꽉 막혔다.

개새끼.

강찬은 와락 놈의 대가리를 움켜쥐었다.

으드득!

움직여야 하는데 숨이 막혀서 꼼짝도 할 수 없었다.

쩌걱!

여자 요원 하나가 얼굴을 제대로 얻어맞고 뒤로 넘어졌다.

강찬은 볼 안쪽 살을 이 사이에 넣었다.

꽉!

'끄윽!'

끔찍한 통증과 함께 비릿한 피 냄새가 올라오자 정신이 번쩍 들었다.

숨이 뚫렸다.

최종일이 오른 손목을 잡고 있는 틈이다.

퍼억!

"컥!"

강찬이 목을 세차게 갈기자 놈의 몸이 휘청했다.

퍼억! 퍼억! 퍼억!

강찬은 연속해서 목만 세 번 갈겼다.

놈이 상체를 구부린 순간,

콰직!

뾰족하게 중지를 세운 주먹으로 놈의 울대를 있는 힘껏 찍어 버렸다.

여기서 끝내면 마무리를 못하는 거다.

와락!

강찬은 곧바로 달려들어 놈의 대가리를 움켜쥐었다.

드드득!

목을 완전히 돌렸다. 두 놈 모두 죽인 거다.

강찬이 손을 풀자 놈이 소파 앞으로 구겨지듯 무너졌다.

최종일은 바닥에서 주저앉아 가슴을 움켜쥐고 있었고, 여자 요원 하나는 얼굴이 온통 피투성이였다.

강찬이 고개를 돌렸을 때 유혜숙은 완벽하게 겁에 질린 눈을 하고 있었다.

소파에 엎어졌던 요원이 몸을 일으키는 옆으로 강찬이 걸어가자 유혜숙이 고개를 저었다. 놀란 거다.

강찬은 걸음을 멈췄다.

유혜숙은 강찬을 받아들이지 못하는 눈빛이었다.

사람을 죽이는 모습을 쉽게 받아들이는 사람은 흔치 않다. 특히, 여자는.

진짜 아들이 아닌 것을 알아도 저런 눈빛을 할 거다.

"아버지도 위험하세요."

말을 하는데 입에서 피가 쭉 흘러나왔다.

볼을 얼마나 세게 물어뜯었는지 입안에 연신 피가 고였다.

"여기 여자 분들은 국가정보원에서 파견 나온 특수 요원이에요. 그러니까 이분들 따라서 움직이세요."

유혜숙의 곁에 있던 여직원이 전화를 받고는 대답 두 마디를 한 다음, 강찬에게 눈짓을 했다. 강대경은 무사하다는 뜻이었다.

유혜숙이 떨기 시작했다.

최종일이 강찬의 뒤에 겨우 섰다.

"어머니 안전한 곳으로 모셔."

"예."

뒤를 돌아보자 코를 감싼 여자 요원이 피를 뚝뚝 흘리고, 목이 돌아간 두 놈이 기괴한 자세로 자빠져 있었다.

강찬은 손바닥 안쪽으로 입가를 닦았다.

꿀꺽.

아직도 볼에서 피가 연신 나왔다.

"아버지 챙겨 드리고 올게요."

억지로 미소도 지었다.

피를 삼키느라고 말소리가 이상했는데 유혜숙은 끝내 입을 열지 않았고, 눈빛을 바꾸지 못했다.

이게 맞는 거다. 원래는 이런 거였는데 그동안 속인 거 맞다.

강찬이 숨을 커다랗게 들이마시고 문을 향해 몸을 움직일 때였다.

"아… 들."

그 순간, 유혜숙의 떨리는 목소리가 강찬을 붙들었다.

고개를 돌렸을 때, 유혜숙은 몸을 일으키고 있었다.

"괜찮은… 거지?"

공포와 두려움을 이겨 내려고 애쓰는 얼굴을 보며 강찬은 아무 말도 못했다.

"우리 아들, 괜찮은 거지?"

유혜숙이 힘겹게 강찬의 앞으로 다가왔다. 그리고 애처롭게 떨리는 손을 들어 강찬의 볼을 만졌다.

"엄만… 괜찮아. 그러니까 아들도 다치면 안 돼."

"그럴게요."

"엄마가… 엄마가 너무 놀라서. 하지만 엄마는."

유혜숙이 떨리는 두 팔을 뻗었다.

"엄만, 아들 사랑해. 아들 사랑해."

이겨 내려는 거다. 받아들이려 애쓰는 거다.

따스하게 느껴지는 유혜숙의 품이 사치처럼 느껴졌다.

"어머니, 아버지랑 집에 가 계세요."

강찬이 눈짓을 하자 여자 요원이 다가와 유혜숙의 어깨를 안았다.

유혜숙이 고개를 끄덕였다. 걱정하지 말라는 의미로 보였다.

강찬도 고개를 한 번 끄덕여 주고는 바로 사무실을 나왔다.

계단을 타고 내려오는 동안에 남자 요원 셋이 올라오다 최종일에게 인사했다.

"대표님도 무사하십니다."

"다친 사람은?"

"요원 셋이 다쳤는데 생명에는 지장 없습니다."

"뒤처리하고 두 분 집으로 모셔."

"알겠습니다."

강찬은 최종일과 함께 바로 강유모터스 사무실로 올라갔다.

"아버지."

강대경은 그래도 좀 나았다. 하얗게 질린 얼굴을 하고 있었지만 말이다.

"어머니는 무사하세요. 그런데 좀 많이 놀라신 모양이에요."
"아빠가 잘 달래마. 넌 다친 데 없지?"
"예."
피를 흘리지 않으려고 입에 고인 것을 꿀꺽 삼켰다.
고개를 돌려 보자 테이블은 완전히 박살났고, 두 놈이 자빠져 있는 주변으로 군데군데 피가 번져 있었다.
"어머니 부탁드려요."
"오냐."
강대경이 이를 꽉 깨물며 강찬의 어깨를 다독여 주었다.
"다녀올게요."
강대경이 강찬의 눈을 똑바로 보며 고개를 끄덕였다.
강찬이 몸을 돌리자 석강호와 최종일, 그리고 우희승이 뒤를 따랐다.
강유모터스에 있는 요원 수가 적지 않아서 안심이었다.
건물을 빠져나온 강찬은 곧바로 차에 올랐다. 김형정은 이미 상황을 보고받은 눈치였다.
드르륵.
승합차의 문이 닫혔다.
"팀장님, 오늘은 제가 지휘하겠습니다."
"그럴 각오로 나선 겁니다. 강찬 씨가 원하는 대로 하시면 됩니다. 양진우는 현재 청담동 주택에 있는 것으로 확인됐습니다. 일본에서 들어온 것으로 확인되는 요원의 숫자가 잘못 파악됐던 모양입니다. 청담동에만 따로 20명 이상이 더 있습니다."

강찬은 고개를 끄덕인 다음 바로 전화를 들었다.

신호가 세 번 울렸을 때였다.

[어! 나다.]

"오광택, 지난번 분당 건과 관련된 놈들을 찾았다."

[뭐? 정말이냐? 가만! 어디야? 너! 혼자 가면 안 돼!]

다급한 소리가 터져 나왔다.

"놈들이 총을 가졌을지 모르니까 조심해. 두 군데니까 애들 나눠서 들어가고, 부탁 하나 하자."

[뭔데? 뒤로 물러나 있으라고 하면 너하고도 칼부림할 거다.]

강찬은 피식 웃은 다음 입을 열었다.

"난 따로 가 볼 데가 있다. 그래서 그런데 두 곳에 있는 놈들 모조리 죽여 버려라. 내 부탁은 그거다."

[알았다. 혹시 경찰을 막아 줄 수 있냐? 아니면 내가 다 뒤집어쓸 준비가 필요해.]

"잠깐만."

강찬은 전화기를 잠시 내렸다.

"경찰을 막아 줄 수 있나요?"

"알겠습니다."

김형정뿐만 아니라 차에 있는 나머지 모두 통화 내용을 들은 다음이어서 팽팽한 긴장감이 차 안에 가득했다.
　　"오광택, 경찰은 막을 수 있어. 너두 요란하게 하지 말고, 되도록 총소리가 나지 않게 해."
　　[맡겨 주라. 그리고 강찬.]
　　오광택은 대답할 틈도 없이 말을 이었다.
　　[고맙다.]
　　"지랄하지 말고 살아나면 술이나 한잔 먹자."
　　[알았다.]
　　통화가 끝났다.
　　강찬은 숨을 한 번 들이마셨다.
　　실력으로 봐서 이렇게 여섯이 스물을 상대하러 가는 건 자살행위다.
　　"전 실장님께 전화 좀 넣어 주세요."
　　김형정은 각오한 것이 있는지 부하 직원처럼 얌전히 통화 버튼을 누른 뒤 곧바로 전화를 건네주었다.
　　[전대극이다. 무슨 일이야?]
　　"강찬입니다."
　　[강찬? 아! 강찬! 어쩐 일이오?]
　　"실장님, 일본에서 들어온 요원 놈들을 치러 갑니다. 짐작하시겠지만 비밀 작전입니다. 실장님과 실장님이 믿을 만한 직원이 필요합니다."

너무 설명이 짧았나? 테러를 저지를 놈이라든가, 양진우라고 말을 할 걸 그랬나?

전대극의 숨소리가 두 번쯤 들린 다음이었다.

[나하고 5명 갑니다. 저쪽은 몇 명입니까?]

"최소 스물쯤 될 거고, 전 실장님까지 다 합치면 우리 쪽은 열둘입니다."

[어디서 봅니까?]

"장소는 김 팀장이 설명해 드릴 거예요."

전화기를 넘겨주자 잠시 대답하던 김형정이 호텔 이름을 대고 그 앞에서 만나기로 했다.

강찬은 마지막으로 통화 버튼을 눌렀다.

[여보세요? 대원들 완전히 배치했고, 디아이는 순수한 투자자로 확인했다. 어디야?]

강찬은 고맙다는 말과 함께 전대극에게 한 것과 같은 설명을 김태진에게도 전했다.

[요즘 김형정 그 친구와 자네 분위기가 이상하다 했지. 상현이도 데려가마. 괜찮겠나?]

"그렇게 하시죠. 장소는?"

강찬이 시선을 주자 김형정이 '오류호텔'이라고 답을 했다.

"오류호텔이랍니다."

[바로 출발하지.]

전화를 끊은 강찬이 시선을 돌렸을 때였다.

김형정이 히죽 웃으며 입을 열었다.

"양진우 이 개새끼! 반드시 죽여 버립시다."

강찬과 석강호가 픽 하고 웃었고, 최종일과 우희승은 얼른 시선을 앞으로 돌렸다.

오류호텔에 먼저 도착한 김태진은 호텔 뒤편에 있는 장소를 별도로 알려 주었다.

대형 빌딩에 속한 주차장이었다.

건물을 돌아서자 구석에 김태진과 서상현이 서 있었다.

드르륵.

"어서 와."

내리는 순서대로 인사를 마쳤다.

"실장님은 10분 정도 더 걸린다고 했으니 우선 앉아서 얘기하지."

김태진은 미리 보아 두었던 모양으로, 주차장 대각선에 있는 카페를 가리켰다. 밖에 놓인 탁자 3개를 전부 차지할 수 있었고, 무엇보다 담배를 편하게 피울 수 있는 것이 마음에 들었다.

테이블을 한곳으로 모으고 둥그렇게 둘러앉았다.

주문은 우희승과 이두범이 받았다.

"무슨 일이야?"

김태진이 강찬과 김형정을 번갈아 보았다.

상황 설명이야 복잡할 것이 없다. 강찬은 그동안 양진우와 관련된 일을 쭉 설명했다.

김태진이 고개를 끄덕일 때 커피가 왔고, 마침 주차장에 검은색 승합차가 도착했다.

전대극이 차에서 내리는 것을 본 김태진과 김형정이 직속상관을 맞이한 군인처럼 자리에서 일어났다.

서상현은 아예 바짝 긴장한 얼굴이었다.

결국 강찬을 비롯한 전원이 자리에서 일어나 전대극을 맞았는데, 다부지게 생긴 직원 5명과 함께였다.

"강찬 씨."

전대극은 가장 먼저 강찬과 악수를 나누고 다음으로 석강호의 손을 잡았다.

김태진에게는 시선만 돌렸다.

"앉아."

"먼저 앉으시면 앉겠습니다."

"사고뭉치가 이제 철이 좀 드나?"

김태진이 계면쩍은 표정으로 강찬을 힐끔 보았을 때였다.

"강찬 씨, 얼른 앉읍시다."

전대극과 강찬이 자리에 앉고 이어서 남은 사람들이 그 뒤를 따라 의자에 앉았다.

"차는 뭐로 하시겠습니까?"

"다들 커피 마시나 본데? 나도 커피로 하지."

이두범이 전대극과 나중에 온 직원들의 주문까지 챙겨서 다시 안으로 들어갔다.

"양진우를 잡을 생각인 거요?"

"그렇습니다."

강찬의 답을 들은 전대극이 고개를 끄덕였다.

"각하께는 말씀드리지 않고 왔소. 오늘 일이 문제가 되면 나와 여기 부하 놈들 다섯은 바로 교도소 직행이오. 나는 몰라도 애들은 앞길이 창창하니까."

전대극이 불쑥 고개를 돌려 김태진을 보았다.

"애들 수발하고, 출소하면 직장은 네가 책임져."

"알겠습니다."

김태진의 대답을 들은 전대극이 다시 시선을 돌렸다.

"일본에서 들어온 요원이라고 했지요?"

강찬은 전대극에게 오늘 있었던 일에 관해 설명했다.

설명 중간에 시선을 돌렸을 때 김형정이 고개를 끄덕여서 이 건이 국정원 비밀 작업이라는 말까지 모조리 전했다.

"흥, 원장이 이제야 밥값을 하는군."

전대극은 만족한 얼굴로 둘러앉은 사람들을 쭉 돌아보았다.

"구더기 무서워 장 못 담그면 안 되지. 지금 같은 위기에 강찬 씨가 있다는 건 우리 같은 사람에게는 복이야, 복! 내가 너희 나이 때 강찬 씨를 못 만난 게 한이 된다."

전대극이 낯간지러운 소리를 근엄한 표정으로 쏟아 냈다.

"오늘 어떤 결과가 나오더라도 대한민국 특수군 출신으로 한 치의 후회도 남기지 마라."

"알겠습니다."

대답을 안 한 건, 강찬과 석강호뿐이었다.

"적들이 우리나라에서 설치는 것을 지켜보기만 하라는 건 말이 안 된다. 국가정보원 원장이 정신을 차린 모양인데. 서상현!"

"예! 서상현!"

상체를 꼿꼿하게 세운 서상현이 다부지게 답을 했다.

"우리의 구호!"

"나의 피로 국가를 지킬 수 있으면, 나는 행복하다!"

"좋아! 우리는 지금까지 군인으로 국가가 우리에게 베풀어 준 것으로 살았다. 이제 강찬 씨 덕분에 그 빚을 갚을 기회를 잡은 것이다. 알겠나?"

"예! 알았습니다!"

답을 하는 사람들의 얼굴에 자부심이 가득 올라 있었다.

이건 뭐지?

프랑스 외인부대의 특수군과는 분위기가 너무 달라서 웃음이 나올 뻔했다. 그런데 한편으로는 저들이 가진 사명감이 가슴 한쪽을 뭉클하게 만드는 느낌도 들었다.

"이제부터 지휘는 강찬 씨가 한다. 작전 수행을 위해 편하게 지내도록."

"감사합니다."

김태진의 답이 있자 다들 자세를 풀었다. 이제야 외인부대의 작전 분위기다.

이 사람들, 제법 멋있다.

커피도 마시고, 담배도 물었다.

이두범까지 편안하게 담배를 피우는 모습은 앞의 분위기와는 완전히 다른 것이었다.

"원래 10명이 들어왔던 것으로 파악했는데 오늘 상황으로 봐서는 그 숫자를 짐작하기 어렵습니다. 양진우의 집에 최소 20명 이상의 일본 요원들이 있는 것으로 확인되는데 최대 몇 명인지는 파악하지 못했습니다."

김형정의 설명을 들은 전대극이 강찬을 보았다.

"작전은 없습니다. 들어가서 양진우를 죽일 때까지 밀어붙일 생각입니다."

"내가 지금까지 들어 본 작전 중에 가장 무식한 방법이군요."

"그럴 수 있습니다. 하지만 도발이 계속되는데도 참기만 하니까 오늘 같은 짓을 하는 겁니다. 이제는 우리의 각오와 힘을 보여 줄 때라고 생각합니다."

"나까지 여섯, 강찬 씨와 석 선생, 김태진이 둘, 김형정이

쪽이 넷."

 손가락을 접어 가며 숫자를 센 전대극이 시선을 들어 확인하듯 강찬을 보았다.

 "우리 14명이 일본 요원 스물을 상대하는 거군요?"

 "그렇습니다."

 "그 정도는 해야 대한민국의 특수군이지."

 전대극이 묘한 미소를 지은 뒤에 고개를 틀었다.

 "너는 몸이 둔해져서 빠지는 게 낫지 않겠냐?"

 "경호회사를 운영하며 게을러 본 적 없습니다. 그리고 전 강찬과 이미 두 번 작전을 나간 경험이 있습니다."

 김태진이 함께 작전을 뛰었다고?

 "두 번째 작전에서 서상현은 부상을 당했어도 저는 무사했습니다."

 설명을 듣고서야 강찬은 무슨 말인지를 깨달았다.

 모가지 귀신을 잡았던 일과 석강호의 구출 건, 두 건 맞다.

 "강찬 씨, 무기는 어떻게 됩니까?"

 "권총과 대검입니다."

 전대극이 고개를 끄덕인 다음 입을 열었다.

 "내가 데려온 직원 중 둘이 저격병 출신입니다. 참고하시고, 나는 더 이상 궁금한 사항이 없습니다."

 전대극의 말 중간에 직원 2명이 고개를 숙여 보였다.

 "실장님, 아마 칼로 싸우게 될 확률이 높습니다."

"부모님을 습격할 때 권총을 들었다면서요?"

"기회를 봐서 급소를 노리려던 거지, 처음부터 총을 쏠 생각은 없었을 겁니다. 양진우도 총을 쏘게 되면 변명의 여지가 없습니다. 우리도 굳이 총소리를 낼 이유가 없구요. 그러니 근접 격투술이 될 확률이 높지요."

"흐– 흠."

"한쪽이 극단적으로 불리해지면 총을 뽑을 수밖에 없습니다. 가능하면 저놈들이 먼저 총을 쓰게 만드는 것이 좋습니다. 국가정보원 팀장과 대통령 경호실장에게 총을 쏜 게 되니까요."

전대극은 감탄사를, 김형정은 고개를 끄덕여 그럴 수 있다는 심정을 표시했다.

"문은 어떻게 열지? 안 열어 주던 그만이잖나? 옆집에서 신고할 수도 있고."

이건 강찬도 계산하지 못했던 일인데 대답은 김형정이 했다.

"양진우의 집은 옆에서 들여다볼 수 없는 구조입니다. 그리고 문은 담을 타고 넘어가서 열면 됩니다."

"푸흐흐, 국가정보원 팀장에 경호실장이 앉아서 담을 넘겠다는 계획을 세우다니."

전대극이 석강호처럼 웃은 다음이었다.

"제가 먼저 벨을 누르죠. 어차피 알아볼 거고, 인원이 적어서 안심하고 문을 열어 줄 거 같은데요?"

"어느 쪽이든 해 보지. 자! 그럼 담배를 하나 피우고."

전대극의 말에 따라 모두가 담배를 피워 물었다.

"강찬 씨는 정말 대단하군요."

"전 실장님이 더 대단하게 느껴지는데요?"

"내가요?"

전대극이 부리부리한 눈으로 궁금한 표정을 지었다.

"일이 잘못되었을 때의 결과를 전혀 생각 안 하시는 거 같아서요."

"푸흐."

전대극은 입을 내밀며 고개를 먼저 저었다.

"아까도 말했잖습니까? 나나 여기 있는 대부분은 이미 국가로부터 너무 많은 것을 받은 사람이라고. 이름 하나 더러워지는 것으로 국가가 발전할 수 있는 일이 있다면 당연히 가장 앞에 내가 서야지요."

강찬의 웃음을 본 전대극이 커피를 한 모금 마셨다.

"양진우가 어떤 짓을 하는지 10대 재벌가와 국회의원 몇몇은 눈치채고 있을 겁니다. 오늘을 기점으로 그들이 함부로 설치지 못하게 된다면 난 어떤 결과를 받든 만족합니다."

강찬이 담배를 재떨이에 끄고 나자 전대극이 허벅지를 짚으며 자리에서 일어났다.

"그럼 출발할까요?"

강찬을 비롯해 남은 모두가 숨을 들이켜며 카페를 벗어났다.

"강찬 씨."

주차장으로 이동하는 사이 전대극이 강찬을 불렀다.

"어떡해서든 살아 있어야 합니다. 이 짐은 나처럼 나이 있는 사람이 질 테니 강찬 씨처럼 능력 있고, 앞길 창창한 사람은 반드시 살아서 더 큰일을 해야 합니다."

말뿐이 아니다. 전대극은 팔을 둘러 강찬의 등을 감싸듯 다독여 주었다.

이런 사람이 상관이었다면.

강찬은 문득 전대극 같은 사람 밑에서 군 생활을 했다면 좋았을 텐데 하는 생각을 했다.

드르륵.

승합차 2대로 움직이기로 했다.

김태진과 서상현은 권총을 받기 위해 전대극의 승합차에 올랐다.

시동이 걸렸다.

"다예, 뒷일 생각하지 말고 걸리면 그냥 죽여."

"내 걱정 말고 혼자 너무 앞서가지 마쇼."

"알았다."

차가 방향을 틀어 주차장을 빠져나갔다.

눈에 독기가 올라온 느낌.

억울하게 죽은 자매의 한을 풀어 주고 싶었고, 다시는 강대경과 유혜숙을 못 노리게 만들고 싶었는데 일이 더럽게 커졌다.

샤흐란, 이 개새끼.

그 새끼 이후로 일이 생겼다 하면 일단 커진다.

호텔 옆길로 돌아 횡단보도 신호를 받으며 비보호로 건너편으로 들어섰다.

쭉 올라가는 길을 타고 좌우로 성처럼 높은 집들이 나왔는데, 위로 갈수록 규모가 커지고 있었다.

부우우웅.

승합차가 기운을 쓰며 마지막 언덕을 올라 오른쪽 골목으로 들어서자 좌우로 높은 담이 나오고, 정면에 교문의 4배쯤 돼 보이는 철문이 나타났다.

이 지랄로 살면 어지간히 사는 사람은 거지처럼 보이기도 하겠다.

승합차는 대문 앞에 멈춰 섰다.

정면 대문 위로 CCTV, 좌측 벽에 차가 출입할 크기의 새시 문이 벽을 파 놓은 것처럼 있었다.

전대극이 탄 승합차가 곧바로 옆에 도착했다.

드르륵.

차에서 내린 강찬이 문에 달린 CCTV를 노려보았다.

"후우."

이런 집에서 점심은 어떤 걸 먹을까?

'양진우, 점심은 잘 처먹었냐? 난 비빔밥 먹었다.'

먹고사는 거 정말 별거 없다.

많이 벌어서, 잘 처먹고, 비싼 옷 사고, 좋은 집 사는 거? 좋다. 좋은 일이고, 부러운 일이다.

그냥 그렇게 살면 누가 뭐랄 건가?

그런데 왜 불쌍한 자매 죽이고, 온 국민이 잘살 수 있다는 일을 막겠다고 무기와 외국 요원들 들여와서 생때같은 우리 요원과 대원들을 죽게 하는 지랄을 떠냐 이거다.

피식.

강대경이 얻은 고작 그 자동차 판매 권한?

보육원 지원할 수 있다고 좋아한 유혜숙은 무슨 죄가 있는 건데?

강찬이 앞에 서자 그 뒤를 전대극과 석강호가 받쳤다.

뚜벅뚜벅.

강찬은 곧바로 정문을 향해 걸어 나갔다.

쿠우웅.

그런데 벨을 누르기 직전에 문 전체가 우는 듯한 소리가 나더니, 커다란 대문의 오른쪽 한 귀퉁이가 잘려 나가는 것처럼 열렸다.

피식.

'해 보자 이거지?'

시작이다.

이 문을 들어서는 순간 어떤 일이 벌어질지, 누가 죽어서 나올지 알 길이 없다.

강찬은 숨을 한 번 고른 후, 문 안쪽으로 들어갔다.

정면은 계단이었다.

좌우로 5미터쯤 되는 공간을 둘러싼 것처럼 사람 키 높이의 돌벽이 있어서 안쪽이 전혀 보이지 않았다.

하여간 집도 지랄같이 만들어 놨다.

강찬은 앞에 놓인 돌계단을 노려보았다.

올라가는 순간에 총을 쏘면? 총을 꺼내서 올라가야 하나?

잠시 고민한 그는 그대로 계단을 올라갔다.

감을 믿는 거다.

만약 누군가 총을 들고 기다린다면 이미 심장이 춤을 추고 있어야 맞다.

저벅. 저벅. 저벅.

계단을 올라가는 만큼 위쪽이 단계별로 모습을 보였다.

정면에 괴물이 마당을 먹기 위해 주둥이를 한껏 벌린 형태의 건물이 보였다.

1층은 오페라하우스처럼 현관과 유리창이 나 있고, 그 위로 시멘트 돔에 2층과 3층의 창이 있었다.

정원이 거짓말 조금 보태서 학교 운동장만 했다. 거기에 천연 잔디, 단정하게 이파리를 자른 나무들과 정원석, 그리고 한쪽에 파인 연못이 한껏 화려함을 뽐낸다.

강찬은 정원의 끝에서 건물을 노려보았다.

이렇게 문을 열어 준 놈은 총을 쏘지 않는다. 양진우도 강찬과 뒤에 있는 사람들의 신분을 알고 있을 확률이 높아서 더욱 그렇다.

'더럽게 질긴 새끼. 너도 이제 끝이다.'

뒈진 다음, 귀신이 돼서도 돈을 벌려고 버둥댈지는 모르겠지만, 아무튼 오늘 이후로 살아서 다른 사람을 해치진 못하는 거다.

"후우."

강찬은 숨을 커다랗게 쉰 다음, 다음 걸음을 옮겼다.

잔디가 잘 자라서 폭신한 느낌이었다.

중간쯤 도착했을 때다. 왼쪽 현관이 열리더니 사내들이 우르르 나왔다.

'양진우?'

진회색 콤비에 셔츠, 그리고 짙은 남색 바지. 실제로 앞에서 걸어오는 놈은 양진우가 틀림없었다.

뭘 믿고 저 지랄을 떨지?

강찬은 고개를 갸웃할 수밖에 없었다.

양진우의 좌우로 서양 놈들 여섯이 함께 걷고 있었다. 셋은 요원 출신이 분명한 걸음걸이와 자세를 갖췄다.

피식.

그뿐이 아니다. 서양 놈들이 모두 나오자, 뒤로 일본 요원이 분명한 놈들이 계속 나오고 있었다.

양진우가 강찬의 앞에 도착했을 때 현관 유리문이 닫혔는데, 일본 요원만 거의 서른에 가까운 인원이었다.

"전 실장님이 약속도 없이 방문하실 줄은 몰랐습니다."

이 새끼가 뭘 믿고 이렇게 당당한 거지? 서양 놈들이 내가 모르는 힘을 가진 건가?

양진우는 득의양양한 표정으로 전대극에게 아는 체를 했다가 다시 시선을 강찬에게 돌렸다.

"네가 강찬이란 아이지?"

"양진우, 여유 있는 척해 봐야 결과는 같아."

양진우가 커다랗게 숨을 내쉬었다.

"근본이 없는 놈들은 이래서 안 돼. 너는 아직 세상이 어떻게 돌아가는지 배우지 못했고, 가져 보질 못한 거다. 하기야 네 잘못이라기보다는 너 같은 놈을 꾸역꾸역 낳아서 밥만 먹이면 책임을 다한 줄 아는 네 부모 잘못이겠다만. 너 때문에 네 부모는 반드시 그 대가를 치르게 될 거다."

말을 마친 양진우는 볼을 한 번 씹은 후에 강찬의 뒤에 있는 전대극을 보았다.

"흠! 전 실장, 뜻밖의 방문인데 내가 나갈 일이 있어서 이만 실례하겠소."

양진우가 막 움직이려는 순간이었다.

"양진우, 지랄하지 말고 가만있어. 안 그러면 바로 모가지에 구멍을 뚫어 버릴 테니까."

"쯧쯧쯧쯧, 못 배운 자식."

양진우가 옆에 서 있는 서양 놈을 돌아보았다.

"양 회장님은 미국 국민입니다."

능숙한 한국말이었다.

"우리는 대사관에서 나왔습니다."

말을 마친 놈이 양복 재킷 주머니에서 신분증을 꺼내 강찬의 앞에 디밀었다.

아!

강찬은 이제야 양진우의 지금 모습이 이해됐다.

결국, 이 개새끼는 미국의 위세를 등에 업고 그걸 과시하기 위해서 이런 주접을 떤 거다.

일본 요원과 미국 대사관의 힘을 내세워 한국에서는 누구도 힘이나 법으로 자신을 건드릴 수 없다는 것을 내보이려는 거였다.

"만약 불법적인 폭행이나 통행을 방해하는 행위가 있다면 미국 정부는 이를 좌시하지 않을 것입니다. 당신들은 지금 미국 국민을 협박하고 있습니다. 더는 양 회장의 길을 막지 말 것을 엄중히 경고합니다."

뒤에서 전대극과 김형정의 한숨 소리가 들릴 때 양진우는 득의양양한 표정이었다.

"벌레 같은 놈, 이것이 세상이다. 네 부모가 앞으로 수천 년을 더 살아도 알지 못하는 세상. 돈이 없는 것들은 종이나 노비와 같아. 주인을 위해 새끼 낳고, 한 끼 먹을 수 있는 것에 기뻐하다가 죽으라면 죽는 노비! 종!"

"시끄러워, 이 개새끼야!"

강찬의 눈을 본 양진우가 얼른 미국 놈을 보았다.

"경고합니다."

"너도 조용히 해, 이 씨발 놈아. 여기 미국 아니니까, 한마디만 더 지껄이면 너부터 죽일 거야."

"당신 지금!"

철컥!

강찬이 총을 뽑은 직후였다.

철컥!

석강호가 곧바로 총을 뽑았다.

미국 쪽 요원 셋이 움찔했다가 석강호가 겨눈 총을 보고는 꼼짝도 하지 못했다.

양진우가 처음으로 당황한 눈빛을 띠었다.

"야 이 씨발 놈아, 노비? 종?"

강찬은 피식 웃으며 양진우를 보았다.

"네가 그렇게 힘이 있어? 미국이 널 지켜 준다고? 알았어. 어디 언제까지 지켜 주나 보자."

강찬은 말을 멈추고 당황해 있는 디국 놈에게 시선을 주었다.

"프랑스 대사관에 전화해."

"무슨 소리요?"

강찬은 양진우에게 향했던 권총을 움직여 놈의 얼굴을 겨냥했다.

"자꾸 귀찮게 하면 너부터 죽여 버릴 테니까 두 번 말하게 하지 마. 프랑스 대사관에 전화해서 라노크를 바꿔 줘. 질문하면 바로 대가리를 날려 버린다."

강찬은 실제로도 방아쇠를 당길 생각이었다.

양진우 이 개새끼를 살려 두면 어차피 일이 꼬인다. 일본을 등에 업고 지랄하나 미국을 믿고 설치는 거나 결과는 비슷할 거다.

전쟁? 지랄한다.

미국이 양진우 하나 죽였다고 전쟁을 일으켜?

여기 서 있는 사람이 전부 무기징역을 맞을지는 몰라도 전쟁 같은 건 없다.

미국 놈이 조심스럽게 바지에 손을 넣어 전화기를 꺼내고는 난색을 표했다. 번호를 모르는 눈치였다.

염병. 강찬도 번호를 모른다.

그때였다.

뒤쪽에서 김형정이 번호를 불러 주었다.

삐삐삐삐삐삐삐삐. 삐-

놈이 전화기를 귀에 가져갔다.

"프랑스 대사관입니까?"

그러면서 강찬을 흘깃 봤다.

"강찬이 라노크 대사를 찾는다고 말해."

놈이 전화기에 대고 강찬이 말한 대로 지껄였다.

30초가량이 흐르도록 답은 없었다.

양진우가 불편한 기색으로 미국 놈들을 번갈아 보았는데, 일본 요원 놈들의 눈치가 수상할 때마다 석강호가 총구를 돌려 가며 경고했다.

"헬로우, 라노크? 아임 프랭크."

프랭크라고 자신을 밝힌 놈이 상황을 영어로 지껄이며 순간순간 강찬을 노려보았다.

"저스트 모우먼트."

놈이 팔을 뻗어 전화기를 건네주었다.

"알로?"

[강찬 씨, 혹시 미국 대사관이 철수하는 것을 내게 중재하려는 겁니까?]

구렁이라 그런지 확실히 눈치가 빠르다.

"이왕이면 좋게 끝나는 것이 좋을 것 같아서 전화드렸습니다. 대사님 이름을 팔았으니 나중에라도 후환이 적을 것 같아서요."

프랑스어로 말을 하자, 양진우가 내용이 궁금한 듯 프랭크를 빠르게 보았다.

[흠, 알겠습니다. 대신 강찬 씨가 곤란해질 수도 있습니다.]

"그건 각오했습니다, 대사님."

전화기 건너편에서 깊은 숨소리가 먼저 들렸다.

[프랭크를 바꿔 주십시오.]

"고맙습니다, 대사님."

강찬은 고갯짓과 함께 전화기를 건네주었다.

"헬로우?"

프랭크가 전화를 받고 1분쯤 통화가 이어졌다.

주로 한 말은 누구나 알아듣는 '예쓰!'가 전부였는데, 놀란 눈빛으로 강찬을 보기도 했다.

마침내 통화를 끝낸 프랭크가 강찬을 보며 나직하게 숨을 내쉬었다.

"미국은 이 시간부터 이중국적 금지 조항과 테러 지원 금지법을 위반한 양진우의 미국 국적을 취소합니다."

"뭣이!"

양진우가 고개가 홱 하고 돌렸다.

"미국 정부와 DIA는 강찬 씨의 협조 의사에 진심으로 감사드립니다."

강찬도 얼이 빠지는 상황이었다.

"괜찮으시다면 미국 대사관은 이만 돌아가겠습니다. 이후로 법적 외교적 문제가 발생할 시, 강찬 씨의 정당방위를 미국 대사관이 증명하겠습니다."

프랭크의 눈빛은 진지했다. 조금 전까지 양진우를 대하던 것처럼 말이다.

모르는 뭔가가 있다. 하지만 이 자리에서 구차스럽게 그걸 따질 수는 없었다.

"가."

"고맙습니다, 강찬 씨. 필요하시다면 우리 요원 셋이 도움을 드릴 수도 있습니다."

뒤로 물러나려던 양진우가 강찬의 총구가 움직이자 그대로 굳어서 눈알만 굴려 댔다.

"이 정도면 충분해."

"강찬 씨, 세계 평화를 위해 협력하기로 한 강찬 씨의 결단에 진심으로 경의를 표합니다."

이 새끼가 미친 건 아닐 테고? 양진우 죽이는 게 세계 평화를 위해 협력하는 거란 아부까지 할 필요가 있는 건가?

프랭크는 깍듯하게 고개까지 숙인 후에야 몸을 움직였다.

일이 묘하게 돌아갔지만, 아무튼 이제 양진우는 끝난 거다.

"야! 어떡하냐? 이제 너 미국 놈 아니래."

강찬이 피식 웃는 앞에서 양진우는 이를 꽉 깨물고 있었다.

총을 먼저 뽑아서 일본 요원 놈들까지 한 번에 해결된 게 맞다.

강찬은 양진우를 죽이고, 이 자리를 정리하기로 했다.

서른에 가까운 일본 요원들과 애꿎은 피를 흘릴 필요는 없는 일이다.

양진우쯤 죽이는 데 총도 필요 없다.

"다예."

"예."

석강호가 답을 한 직후였다. 강찬은 권총을 석강호의 왼손에 건네주었다.

이렇게 하면 최소 30발 이상 연속 발사가 가능하다.

"움직이는 새끼가 있으면 그냥 쏴 버려."

"알았소."

석강호가 오른쪽으로 두 걸음을 움직인 뒤다.

"대한민국은 법치국가야! 전 실장! 이러면 당신은 끝장이야! 난 법에 의해 보호받을 권리가······?"

퍼억!

강찬은 양진우의 배를 뾰족한 주먹으로 힘껏 내질렀다.

"크헉!"

양진우가 깡패들이 인사하는 것처럼 배를 싸안고 허리를 접었다.

터억.

강찬은 양진우의 머리칼을 움켜쥐었다.

쫘아아악!

만화처럼 볼살이 떨린 뒤에 후두둑 피가 흘러내렸다.

쫘아아악! 쫘아악! 쫘아아악! 쫘아악!

고작 따귀 5대를 때렸는데 양진우가 무릎을 꿇듯이 무너졌다. 머리를 움켜쥐고 있어서 강찬에게 애절하게 기도하는 것 같은 자세였다.

'보여? 널 못 지켜 준 건 정말 미안하다. 대신 이 새끼 오늘 보내 줄 테니까……'

이 새끼는 곧바로 지옥으로 갈 테니 그 착한 애들과 마주칠 기회는 없는 건가?

쫘아아악!

'하여간 이제는 분 풀고 좋은 곳으로 가라.'

쫘아아악!

강찬은 왼손을 위로 당겨 양진우의 대가리를 똑바로 세웠다.

왼쪽 뺨이 통통 부었고, 눈 끝과 코, 입술에서 시뻘건 피가 뚝뚝 떨어지고 있었다.

"씨발 놈, 난 또 피가 금색일 줄 알았더니 그냥 빨간색이잖아."

"으흐흐."

쫘아아악!

볼살이 사정없이 떨리면서 피가 오른쪽으로 확 튀었다.

"양진우?"

"으흐흐."

쫘아아악!

"크흐흐흐!"

"웃는 거야?"

양진우가 빠르게 고개를 저어 댔다.

쫘아아악!

"크흑! 크흐흑!"

"양진우?"

쫘아아악!

세차게 뺨을 때린 강찬은 잠시 그대로 있었다.

한낮의 태양이 내리쬐는 화려한 정원이다.

석강호가 권총을 겨누고 있어서 그런지 일본 요원들은 이를 악물기만 할 뿐 함부로 움직이지 못했다.

서로 아는 거다. 실제로 방아쇠를 당길 사람인지 아닌지.

그리고 실력이 어느 정도 될지도.

양진우가 조심스럽게 강찬을 보는 순간이었다.

피식.

강찬은 오른발을 들어 양진우의 왼쪽 허벅지를 있는 힘껏 밟았다.

콰악! 빠득!

"끄으윽! 끄아아아!"

강찬은 고개를 갸웃했다.

"잘 처먹어서 그런가? 왜 제대로 안 부러지지?"

콰악! 콰자자작!

양진우는 입을 쩍 벌리고 소리조차 내지 못했다.

"끄으으으. 끄아아아아아."

뒤늦게 폐부에서 울리는 듯한 비명이 터진 다음이었다.

"전 상!"

일본 요원 놈 하나가 악을 썼다.

강찬이 시선을 든 다음이다.

"대일본의 요원들과 당당하게 싸워 봅시다! 원하면 우리도 그쪽 숫자에 맞춰 드리겠소! 아니, 반으로 하지!"

병신들이 뭐라는 거야?

"그것도 아니라면 총을 꺼낼 테니 어디 누가 죽나 해 봅시다!"

독기가 올라서 번들거리는 눈빛이 전염되는 것처럼 일본 요원들 전체로 퍼져 나갔다.

"개새끼들아! 힘없는 사람들을 죽이러 나섰던 놈들이 당당하단 말을 꺼내?"

"전 상!"

강찬의 말을 무시한 놈이 다시 한 번 전대극을 불렀다.

"다예."

"예!"

"저 개새끼 쏴 버려."

"알았……."

석강호는 답을 마치지 못했다. 전대극이 강찬의 어깨에 손을 얹었기 때문이다.

설마 미련하게 저런 빤한 도발에 넘어가는 건 아니겠지?

강찬이 고개를 돌렸을 때, 전대극은 미친 사람 같은 눈빛을 뿜어내고 있었다.

"부탁하자."

앞뒤 다 자른 말이다. 거기에 지금까지와 다른 반말이었다.

"대한민국 특수부대의 한 시대를 이끌었던 남자로 부탁하자. 저 새끼의 목을 우리 손으로 따게 해 다오."

"실장님!"

김태진이 불렀으나 전대극은 강찬만 보고 있었다.

"결과는 생각 안 하십니까?"

"그런 거 생각했으면 여기 왔겠냐?"

전대극의 반문에 강찬은 말문이 턱 막혔다.

"강찬, 너에게 지휘를 맡겼다. 결정은 네가 해라. 하지만 나이 든 군인의 자존심을 지키게 해 다오. 뒤를 봐."

전대극의 말에 강찬은 천천히 고개를 돌렸다.

김태진과 김형정이 난감한 표정인 반면에 나머지 모두는

분한 얼굴이었다.

"저놈들이 앞으로 대한민국 요원들의 중추를 담당할 거다. 미국의 도움 없이, 프랑스의 개입 없이 싸워서 자존심을 지키게 해 다오."

강찬은 피식 웃었다.

'그 정도로 자신 있으십니까?'

'자네가 도와줘야지.'

'왜 이렇게까지 하시는 건데요?'

'군인이잖냐. 야전에서만 살아온.'

미칠 일이다.

전대극의 터무니없는 부탁이 가슴에 콱 박혔다.

"여기서 우리는 다 죽어도 괜찮다. 남은 요원들의 자존심을 영원히 지킬 일화가 생기는 거니까. 대한민국 안에서 그 어떤 놈들도 함부로 설치지 못한다는 교훈."

강찬은 시선을 돌려 양진우를 보았다.

더러운 새끼가 침을 흘려 가며 흐느끼고 있었다.

제8장

이젠 지겹다!

GOD OF BLACK FIELD

　강찬은 전대극의 요청을 무시하고 싶지 않았다. 그렇다고 해서 멍청하게 당할 마음도 없었다.
　꽉!
　그는 양진우의 머리를 단단히 움켜쥔 채로 시선을 들었다.
　"너희의 도발을 받아 주지. 두 가지 조건이 있다. 하나는 총을 전부 꺼내 놓을 것, 또 하나는 내가 이 새끼를 죽일 때까지 잠시 기다릴 것."
　말을 지껄인 일본 요원 놈이 움찔한 것이 보였다. 한마디로 이쪽을 완전히 바보, 병신으로 알았다는 뜻이다.
　"꼴에 자존심이 있는 척하더니 결국 꼼수를 피워서 이 새끼를 빼내려던 거냐? 이 새끼가 뭔데?"

말끝에 시선을 내렸을 때, 고통에 신음하면서도 일말의 기대를 품은 양진우의 눈빛을 보았다.

"퍼억!"

강찬은 냅다 양진우의 배를 걷어찼다.

"개새끼가 어디서 잔머리를 굴려?"

"끄으응. 끄으으!"

허리를 숙이던 양진우가 부들거리며 몸을 곤추세웠다. 뼈가 부러진 허벅지의 통증을 어떡해서든 줄여 보려는 몸부림이었다.

"병신이!"

"퍼억!"

"끄어어어!"

피에 젖은 채 일그러진 양진우의 얼굴이 한낮의 햇살을 받아 적나라하게 드러났다.

"양 회장을 건네주면 2조를 주겠다!"

다급한 외침이 건너왔다.

"이 새끼를 풀어 주면 유라시아 철도를 말아먹을 텐데 그깟 2조? 너나 처먹어!"

"퍼억!"

"끄윽! 끄으응!"

"조용히 해, 이 개새끼야! 자꾸 이러니까 내가 돈 바라는 인질범 같잖아!"

강찬이 발을 드는 척하자 양진우의 몸이 움찔한 다음이다.

퍼억!

"크흐흑! 크흐흑흑!"

양진우는 망가져 가고 있었다.

퉁퉁 부은 얼굴에 눈물과 콧물이 피와 엉겼고, 비겁한 울음을 울 때마다 흘리는 침이 또 그랬다.

"양진우?"

"예에."

너무 일찍 포기하는데?

강찬이 삐딱하게 고개를 틀어 양진우를 들여다보았다.

"다음번엔 이러지 마."

머리카락을 잡힌 양진우가 빠르게 고개를 끄덕였다. 살려 준다는 뜻인 줄 아는 모양이다.

"원하는 걸 말해!"

일본 요원 놈이 또다시 소리를 질렀다.

터억!

강찬은 양진우의 대가리를 꽉 움켜쥔 다음, 천천히 시선을 들었다.

"원하는 거? 이 새끼가 뒈지는 거!"

"안 돼!"

아드득!

강찬이 양진우의 목을 비트는 순간, 세상 전체가 멈춘 것처럼 사방이 고요해졌다.
 전대극과 김태진, 김형정조차 당황한 듯 멍한 얼굴이었다.
 털썩.
 양진우의 몸뚱이가 강찬의 왼편 옆으로 고꾸라졌다.
 "어떻게 할래? 이래도 자존심 지키고 싶다면 붙어 주지."
 "빠가야로!"
 "헛소리 지껄이지 말고 빨리 결정해."
 "요로시!"
 놈이 강찬을 노려본 상태에서 조심스럽게 권총을 꺼내 한쪽으로 던졌다. 그리고 그것이 신호라도 된 것처럼 주변에 서 있던 놈들이 모조리 권총을 꺼내 그 앞에 쌓았다.
 석강호가 겨누고 있는 앞이다. 어설픈 동작이 나오면 바로 방아쇠를 당기기에 충분했다.
 "실장님, 저격수 출신 2명은 권총을 가지고 있으라고 하세요."
 "알았다."
 "최종일, 가서 저 총들 전부 대문 앞 공터에 던져 놓고 와."
 최종일과 우희승, 그리고 이두범이 움직여 권총을 대문 앞의 계단 밑으로 모조리 던졌다.
 강찬이 고갯짓을 하자 석강호가 아군의 권총을 들어 역시나 대문 앞에 던져 놓았다.
 강찬은 마지막으로 전대극을 보았다.

권총을 겨누고 있으니 이대로 빠져나가면 모두 끝나는 일이다.

"이건 미친 짓입니다."

"안다. 하지만 이 미친 짓이 앞으로 우리 요원들의 가슴에 영원한 자부심으로 남을 거다. 이겨도, 져도 이 일은 대한민국 요원의 자존심을 상징하는 일로 남는다. 고맙다, 강찬."

강찬은 고개를 작게 끄덕이고 발목에 걸어 두었던 대검을 꺼내 거꾸로 들었다.

스응.

짧은 날이 칼집에서 빠져나오며 날카롭게 빛났다.

적들도 허리와 발목에서 비수를 꺼내 들어서 정원에는 번쩍임이 가득했다.

거의 한 사람당 적 2명이다.

별 차이 아닌 것 같지만 실제로 싸워 보면 한 사람당 15명을 상대하는 느낌이 든다.

남은 인원이 누구에게 달려들지도 확신하기 어렵다.

약한 사람을 먼저 노려 숫자를 줄이려고 할 수도 있고, 강한 사람을 먼저 쓰러트려 편한 싸움을 만들고자 할 때도 있다.

강찬은 숨을 고르며 앞을 노려보았다. 말했던 대로 미친 짓이다.

이를 악물었다.

양진우를 죽이는 일에 도움을 청한 대신에 일본 요원들을 상대하는 일을 돕는 거다.

"다예, 오른쪽."

"알았소."

"최종일, 왼쪽."

"예."

강찬은 좌우에 석강호와 최종일을 세웠다.

그리고 유혜숙의 얼굴이 떠올랐다가 사라지는 순간, 앞으로 달려 나갔다.

이왕 싸움이 시작된 거라면 한 놈이라도 더 해치우고 한 놈의 시선이라도 더 뺏어 오는 게 맞다.

가장 먼저 부딪힌 놈이 비수를 찔러 넣었다.

달려들어서 당황한 기색이었다.

피윳! 피윳!

부메랑 모양으로 대검을 휘두르는 순간 놈의 손목과 목에서 동시에 피가 튀었다.

터억!

강찬은 옆 놈의 팔뚝을 왼손으로 내려치며 세 번이나 대검을 휘둘렀다.

핏! 피윳! 피윳!

석강호와 최종일 쪽에서 비슷한 소리가 울려 나왔는데 돌아볼 겨를은 없었다.

핏! 피윳!

얼굴로 피가 튀었다.

이런 거? 지겹게 해 봤다.

전대극과 김태진, 김형정도 달려들었고, 그 뒤를 둥그렇게 둘러싸고 대원들이 지켜 준다.

"끄윽!"

비명이 처음 터졌다.

신기하게 소리만으로도 아군인지 적군인지가 구별된다. 지금 건 적의 비명이다.

강찬은 기계적으로 대검을 휘둘렀다.

후욱. 후욱.

숨소리가 커다랗게 들렸고, 사방이 훤하게 보였다.

피가 뿜어져 나오는 것. 앞의 놈이 눈알을 굴려 강찬의 옆구리를 보는 것.

대검이 비틀리는 것까지 모두 보였다.

쉬이잇! 파아악!

강찬의 대검이 지나가자 놈의 가슴에서 피가 튀었다.

이대로 적이 죽지는 않는다.

쉬이익! 피잇! 피이잇!

강찬은 연달아 놈의 겨드랑이와 목을 베었다.

"끄으윽!"

비명은 참아지는 게 아니다. 훈련을 아무리 받아도 마지막에 지르는 비명은 근성이 있어야 참는다.

콱!

적의 눈에 당황한 기색이 어렸다. 근접 격투술을 하다가 머리를 붙잡힐 줄 몰랐던 거다.

죽고 죽이는 싸움이다.

목을 갈랐는데 물어뜯으려고 달려드는 놈도 있는 싸움.

머리칼 붙잡혔다고 놀라면.

피윳! 핏!

목을 베인다.

파악!

놈의 목에서 피가 뿜어질 때 강찬은 다른 놈의 옆구리를 갈랐다.

그때였다.

"큭!"

최종일의 비명이 들렸다.

피잇! 핏!

그리고 연달아 겨드랑이와 가슴에 칼을 맞는 것이 보였다.

퍽! 피윳!

강찬은 최종일을 어깨로 들이받았다. 순간 목을 노렸던 비수가 얼굴을 가르는 것 같았지만, 죽는 것보다는 나았다.

피윳! 피윳!

'끄윽!'

적의 겨드랑이를 갈랐다 싶은 순간에 왼쪽 옆구리를 베였다.

빠르다. 정말 빠른 놈이다.

콰작. 콰작. 콰악! 피윳!

강찬이 휘두르는 팔꿈치와 대검을 적이 막았고, 적의 박치기를 강찬이 손바닥 안쪽으로 밀쳐냈다.

최종일이 비었다. 그 바람에 왼쪽 등과 어깨 사이를 베였지만 중요한 건 눈앞에 있는 놈이다.

콰자작! 콰작! 파악! 팍! 휘이익!

누가 빨리 앞을 휘젓는가의 싸움처럼 빠르게 손이 마주쳤다.

한 번이다.

꼭 한 번.

손을 놓치면 그 순간 죽는 싸움.

빠르면 적을 죽인다.

파악! 팍! 팍! 파!

"크흑!"

악착같이 왼쪽을 막아서던 최종일 두 번째로 비명을 토해 냈다.

소리에 신경을 뺏겼다.

피윳! 피윳!

목을 빼냈지만, 왼쪽 쇄골과 오른쪽 옆구리를 베였다.

콰작! 콰자작!

팔꿈치, 손날, 그리고 비수.

강찬은 악착같이 몸을 세웠다.

콰작!

팔꿈치끼리 부딪칠 때 놈과 시선이 똑바로 마주쳤다.

"개새끼!"

"빠가야로!"

겨드랑이에 칼을 맞아서 미세하게 팔이 떨리기 시작했다.

강찬은 독하게 마음먹었다.

후익! 파악!

놈의 날이 날아올 때 왼손을 놈의 칼에 디밀었다.

푸욱!

왼 손바닥이 완전히 뚫렸다.

꽉.

강찬은 손가락을 구부려 놈의 칼날을 잡았다.

퍼뜩!

놀랐지? 이럴 줄은 몰랐지?

피윳! 피윳! 피윳! 피윳! 피윳!

놈이 왼팔을 들었지만, 이쪽은 칼을 들었다.

팔꿈치, 어깻죽지, 팔뚝, 겨드랑이.

그사이 놈이 칼날을 비틀었다.

'끄윽!'

그러나 강찬은 놈의 칼자루를 놓지 않았다.

푹! 피윳! 푹!

목덜미에 칼을 찍자마자 목을 갈랐고, 다시 목덜미에 칼을 박아 넣었다.

파아아악!

하얗게 갈라지던 상처에서 분수처럼 피가 뿜어졌다.

강찬을 마지막까지 노려보던 놈의 눈에서 생기가 빠져나갔다.

파악!

칼을 뽑는 순간에 온몸의 신경이 찌르르하게 울렸다.

석강호도 이미 피투성이였다.

이런 짓을 또 할 줄 몰랐다.

태어나고 싶어 태어난 거 아니다. 다른 몸뚱이를 받고 싶어서 받은 것도 아니다.

그런데 두 번의 삶 모두 이런 살육을 피하지 못한다.

콱!

적의 목덜미에 대검을 찔러 넣으며 강찬은 갑자기 유혜숙이 떠올랐다.

이 꼴을 보면 뭐라고 할까?

모가지를 돌린 것조차 받아들이지 못해 힘겨워했는데, 적의 목에 칼을 쑤셔 넣는 모습을 보면 어떤 얼굴을 할까?

피윳!

염병할! 딴생각을 하다가 죽을 뻔했다.
피이잇! 피잇! 피잇!
더는 앞에 만났던 것 같은 지독한 놈은 없었다.
그래! 이왕 싸우는 거!
내가 하나라도 더 죽여야 내 편이 산다.
어딜 노려?
강찬은 최종일을 향하는 놈의 어깻죽지를 잡아당겼다.
푹! 푹! 푹!
독기가 완전히 올랐는지 왼손은 욱신거리기만 할 뿐 통증도 느껴지지 않았다.
콱!
"끄아악!"
목덜미에 대검을 찍어 넣는 동시에 처참한 비명이 터져나왔다.
파아악!
피가 튀는 순간에 강찬은 주위를 둘러보았다.
석강호를 노리던 놈이다.
왼쪽 팔뚝에 칼을 맞은 것 같은데 아프지도 않다.
푹. 푹. 푹. 푹.
이렇게 살아야 하는 운명이라면, 받아 주마.
끝까지, 악착같이 살아남아 주마.
유혜숙이 버리더라도, 강대경이 외면하더라도, 살아남을

거다.

 석강호랑 둘이서 가평 가서 닭다리 먹어 가며 끈질기게 살아남을 거다.

 파악! 파악! 파악!

 강찬은 세차게 대검을 꽂아 넣었다.

 왜 나한테 이러는데?

 나는 왜 남들처럼 살 수 없는 건데?

 왜! 왜!

 피윳! 피윳! 피윳! 푹. 푹. 푹. 푹.

 와락! 움찔!

"대장!"

 다예루였다.

 피투성이인 팔을 뻗어 강찬의 몸을 끌어안은 다예루가 악을 쓴 거다.

"끝났소."

"후욱. 후욱."

 이 새끼가 나를 막아?

"끝났소, 대장. 다 끝났소."

"허억. 허억."

 강찬의 눈을 똑바로 보며 석강호가 고개를 끄덕였다.

 갑자기 몸 곳곳에서 끔찍한 통증이 느껴졌다.

"담배 있냐?"

히죽 웃으면서 강찬을 안고 있던 팔을 푼 석강호가 끙 소리를 내며 담배를 꺼냈다.

 상반신이 갈라진 상처로 가득했고, 피에 흠뻑 젖어 있었다.

 "여기 있소."

 찰칵. 찰칵.

 강찬은 담배를 깊게 빨아들이며 주변을 둘러보았다.

 서 있는 사람은 다섯밖에 없었다.

 김형정, 최종일, 그리고 이름을 모르는 대원 셋.

 "강찬 씨."

 김형정이 힘겨운 얼굴로 다가왔다.

 "병원에 연락했습니다."

 그러고는 엉덩방아를 찧는 것처럼 무너졌다.

 그의 뒤에서 오른쪽 얼굴을 누른 채로 최종일이 다가왔다.

 "고맙습니다."

 목에 피가 걸려서 발음이 이상했다.

 "담배 줘?"

 "네엥."

 강찬이 피식 웃을 때 석강호가 담배를 건네주었다.

 파란 잔디에 낯빛이 하얗게 변한 놈들이 피를 뒤집어쓴 채로 이리저리 자빠져 있는 모습이라니.

아직 꿈틀거리는 놈도 있었다.

"전화기 있어? 있으면 방지병원에 전화 좀 걸어 줘."

최종일이 남은 요원에게 전화를 달라고 한 뒤에 번호를 눌러 주었다.

[여보세요?]

"원장님, 강찬입니다."

[강찬 씨, 전화기 바꾼 거 자랑하려고 전화한 거면 화낼 겁니다.]

"원장님, 저랑 석강호가 칼에 베였는데 상처가 심각해서 도저히 그냥은 못 가겠습니다."

[어딥니까?]

뜻밖에도 유헌우의 목소리가 착 가라앉았다.

"여기가 평창동인데요. 주소는 모르겠고, 양진우의 집이랍니다."

[내가 바로 갑니다. 필요하면 근처에 도움받을 의사를 먼저 보낼 수 있어요.]

"그냥 원장님이 와 주세요."

[알았습니다.]

전화가 바로 끊겼다.

"담배 하나 더 주라."

석강호가 담배를 건네주었다. 라이터가 피에 젖어서 피우던 담배로 불을 붙였다.

"우리 저쪽에 좀 앉읍시다."
"그러자."
둘이 억지로 걸음을 옮겨서 정원수에 기대앉았다.
나른했다.
"후우."
담배 연기가 허공에 사라지는 순간이었다.
"대장이 열 이상 죽인 거 아쇼?"
"내가?"
"모르는 거 같았소. 저쪽에 독사 같은 놈 죽이고 나서 완전히 정신을 잃은 사람 보입디다. 끄응."
석강호가 상체를 움직이려다 신음을 쏟아 냈다.
"몸 나으면 가평이라도 한번 다녀옵시다."
강찬은 풀썩 웃으며 '그러자.' 하고 답을 했다.
이상하게 누가 죽었는지, 쓰러진 사람들의 상태가 어떤지는 걱정되지 않았다.
염병.
어쩐지 돌아오지 못할 강을 건넌 기분이었다.
멀리서 구급차 소리가 들렸다.
경찰병원에서 나온 의료팀이 부상자들을 수습하는 사이 국가정보원 요원들이 달려왔다.
"강찬 씨! 정말 방지병원으로 가실 겁니까?"
"예, 실장님. 그러니 안심하고 먼저 출발하세요. 그나저나 비밀 작전에 이렇게 요원들을 불러도 되나요?"

"일본 요원들이 있어서 이건 충분히 명분이 있습니다."

김형정이 그렇다면 그런 거다.

"실장님을 이해해 주셔서 고맙습니다."

자신을 부축하려는 의료팀을 잠시 멈추게 한 다음, 김형정은 힘겹게 말을 건넸다.

"몽골 작전으로 사기가 꺾인 특수전 대원들에게 기운을 불어넣고 싶으셨을 겁니다. 프랑스 외인부대가 해낸 작전만큼 우리도 실력이 있다는 것을 브이고 싶어 하셨습니다. 기개에서만큼은 지고 싶지 않았다는 의미로 받아 주십시오."

"그 마음은 이미 알았습니다. 그래서 이렇게 함께 싸웠던 거잖아요. 그러니 얼른 가세요."

엉덩방아를 찧듯이 주저앉았던 김형정이다. 더는 버티지 못하고 의료팀이 준비한 들것에 몸을 실었다.

새로 나타난 요원 2명이 강찬과 석강호의 뒤를 지키며 대기했다.

그냥 경찰병원에 갈 걸 그랬나 싶었을 때 유헌우가 달려왔다.

"강찬 씨!"

그는 마당을 보며 놀란 기색을 감추지 못했다. 그러나 얼른 표정을 수습하고 강찬과 석강호에게 다가왔다.

요원들과 구급대원 둘의 도움으로 구급차에 몸을 눕히자 차가 곧바로 출발했다.

"내가 모르는 곳에서 참 무서운 일들이 일어나고 있었군요."

유헌우가 혼잣말을 삼키는 동안 차는 빠르게 달려 나갔다.

⚜   ⚜   ⚜

유혜숙은 수척한 얼굴로 침대에 누워 있었다.

"그러지 말고 병원에 가 보자. 당신, 아무래도 안색이 너무 안 좋아."

"아냐, 여보. 너무 놀라서 그런 거야. 이제 정말 견딜 만해."

말을 마친 유혜숙이 강대경을 물끄러미 바라보았다.

"당신은 알고 있었지?"

이미 멈칫한 다음이다.

강대경은 말없이 유혜숙의 손을 잡아 주었다.

"여직원들이 그렇게 싸울 거라곤 생각도 못했어. 당신, 그것도 알고 있었어?"

강대경이 고개를 저었다.

"우리 아들이 너무 뛰어나서 우리는 이해하지 못한다고

생각하자. 봐! 유라시아 철도 발표회장에서 가장 나이 어린 참석자고, 국무총리에 대통령이 우릴 찾게 만드는 아들이잖아."

"여보, 내가 아들 모습을 모르고 있었다는 게 너무 미안해. 내가 무서워서 우리 아들을 보고 떨었어."

유혜숙이 입을 길게 늘이며 울음을 터트렸다.

"찬이가 서운해하는 눈빛이, 내가 아들을 그렇게 만든 게 너무 가슴이 아파, 여보. 날 살리려고 그렇게 한 건데 내가 아들을 서운하게 한 거야. 나 찬이한테 미안해서 어떡해!"

"울지 마."

강대경이 손을 뻗어 유혜숙의 눈물을 닦아 주었다.

"찬이가 당신을 얼마나 소중하게 생각하는데. 어딜 가든 당신이 걱정할 거라면서 내게 먼저 얘기했었다. 당신이 가슴만 두들겨도 혹시 체한 거 아닌지 챙기는 아들인데, 찬이도 다 이해할 거야. 당신, 아들 사랑하는 마음 변한 건 아니잖아?"

"아들에 대한 마음이 어떻게 변해!"

"그럼 됐지, 뭐. 찬이가 집에 오면 그냥 안아 주면 돼. 그리고 우리는 지금처럼 모르는 척하면 되고. 알았지?"

"우리 아들, 위험한 일 하는 거 아니겠지?"

"어이구, 사모님. 이 모습을 보면 찬이 마음 찢어집니다. 얼른 털구 일어나세요."

"응. 그럴 거야. 내가 힘을 내서 우리 아들 지켜 줄 거야."

강대경이 작게 미소 지으며 고개를 끄덕였다.

"그래, 그렇게 하자. 그래서 찬이가 힘들 때면 언제고 안아 줄 수 있는 부모가 되자. 응?"

"알았어. 그래도 아들이 서운한 마음으로 밖에 있을까 봐 가슴이 너무 아파."

울음을 터트린 유혜숙의 머리를 강대경이 조심스럽게 쓸어 주었다.

⚜ ⚜ ⚜

"원장이 그런 지시를 내렸다는 것이 믿기지가 않습니다."

"각하, 이건 요원들의 일입니다. 경호실장이 왜 그런 선택을 했는지 이해하시잖습니까?"

국가정보원장 황기현은 문재현을 상대로 물러서지 않았다.

"이건 의리나 기개 따위로 설명할 수 있는 일이 아닙니다. 법치국가에서 대낮에 재벌 총수가 살해당한 겁니다. 죄는 나도 익히 알고 짐작합니다. 하지만 그걸 증명해서 법에 맞게 처벌하는 것이 국가의 가장 큰 임무이자 내가 대통령으로 이 자리에 있는 이유입니다."

문재현은 답답한 듯 담배를 꺼내 들었다.

"그것뿐이 아닙니다. 대한민국의 대통령 경호실장이 칼을 들고 싸우다가 생사를 헤매는데, 정작 대통령인 나는 아무것도 모르고 있다가 원장이 전해 준 사표를 받는다는 게 말이 됩니까?"

한숨을 내쉰 문재현이 담배에 불을 붙일 때였다.

황기현이 품에서 하얀 봉투를 꺼내 문재현의 앞에 내려놓았다.

"이번 일에 대한 책임을 지고 저도 물러나겠습니다. 각하와 같은 분을 모시고 일할 수 있었던 것에 진심으로 기쁘고 감사하게 생각합니다. 이 일이 어떻게 풀릴지는 모르지만, 모든 책임은 제가 지겠습니다. 각하, 가능한 한 빨리 제 사표를 수리해 주십시오. 그래야 문제가 생겨도 제 선에서 끝낼 수 있습니다."

문재현이 커다랗게 숨을 들이마셨다가 천천히 내쉰 다음이었다.

"각하, 마지막으로 한 말씀만 드리겠습니다."

황기현이 단호한 눈빛으로 문재현을 보았다.

"유라시아 철도 한국 담당자로 강찬 학생을 임명해 주십시오."

"휴, 아직 고등학생입니다."

"각하, 유라시아 철도 시행까지 3년입니다. 이후로 강찬 학생이 나이를 먹어 30살쯤 됐을 때를 생각해 보십시오. 우리나라에 라노크와 같은 인물이 나올 절호의 기회입니다."

"그걸 누가 모릅니까? 하지만 어린 학생을 중요한 자리에 앉혔다고 개떼처럼 달려들어 물어뜯을 텐데, 누가 나서서 강찬 학생을 지켜 냅니까?"

"그래도 하셔야 합니다. 인재가 나와도 나이 때문에, 학연, 지연 때문에 제대로 키우지 못했습니다. 유라시아 철도가 이어지고 강찬 학생이 이대로 10년만 성장한다면, 그때는 대한민국의 발언이 전 세계에 먹힐 수 있을 것입니다."

문재현은 나직하게 숨을 내쉬며 담배를 재떨이에 껐었다.

"전 실장의 상태는 어떻습니까?"

"오늘내일이 고비라고 들었습니다."

"흠."

"그 친구, 몽골 작전 이후로 후배들의 사기가 너무 꺾였다고 제 원망 많이 했었습니다. 프랑스는 했는데 왜 우린 그런 지원을 해 주지 않았느냐고 전화기에 대고도 엄청나게 퍼부어 댔었습니다."

문재현이 허탈하게 웃으며 고개를 끄덕였다.

"전 실장이라면 그럴 만하지요. 완쾌되려면 얼마나 걸리겠습니까?"

"살아난다 해도 3개월은 못 움직일 겁니다."

문재현은 사직서라고 적힌 봉투 2개를 집어 들었다.

"경호실장이 이 중요한 시기에 3개월씩이나 유급휴가를

가다니 용서하기가 어렵군요."

"각하?"

"게다가 강찬 학생을 지원하려면 국가정보원장이 정신을 바짝 차려야 하는데 도망갈 생각이나 하고. 나중에 강찬 학생이 이 사실을 알면 뭐라고 하실 겁니까?"

황기현은 입을 열지 못했다.

"지켜 줍시다. 한번 해 봅시다. 나도 온 힘을 다할 테니 정보원장과 전 실장도 최선을 다해 주세요. 우리도 전화 한 통으로 미국과 러시아, 중국에 경고할 정도로 힘 있는 인재 한번 만들어 보십시다."

문재현이 사직서에서 시선을 들어 황기현을 보았다.

찌이익. 찌이익.

"앞으로 내가 해고할 때까지 사표 쓸 생각 마세요."

"알겠습니다, 각하."

"비밀 작전도 반드시 보고하시고."

황기현은 답을 하지 않았다.

"알았습니다. 정보원장이라면 그 정도 각오와 강단이 있어야겠지요. 참! 강찬 학생 부모님께서 피습을 받았다면서요?"

"예, 각하."

"안가에서 식사할 수 있게 시간을 만들어 주세요. 미성년자를 임명하려면 부모의 동의가 필요합니다."

"준비하겠습니다."

문재현이 느긋한 표정으로 담배를 꺼내 들었다.

"우리가 꿈꾸는 대한민국을 정말 만들 수 있을까요?"

"반드시 그렇게 될 것입니다."

"그래요. 그래야겠지요. 그럴 수 있을 겁니다."

연신 고개를 끄덕인 후, 문재현이 담배를 바닥에 내려놓았다.

⚜　　⚜　　⚜

병원에 도착해서 온몸을 꿰매고 병실에 옮겨졌을 때 뜻밖에도 라노크가 루이와 함께 기다리고 있었다.

간호사들이 이동 침대를 멈춰 세우자 강찬이 몸을 일으켰다.

"대사님, 여기서 기다리셨어요?"

"조금 전에 도착했습니다."

라노크는 강찬의 몸을 보며 입을 길게 늘였다.

"상황을 들어 봐서는 절대로 이런 일이 일어날 것 같지 않았는데, 왜 이렇게까지 했습니까?"

대꾸할 말이 없는 질문이었다.

강찬이 침대에 오르자 간호사가 등을 세워 주고는 방을 나섰다.

"루이는 좀 나아졌어?"

루이가 묵직하게 고개를 끄덕였다.

"그럼 커피 한 잔 타 줘."

라노크는 웃었고, 루이는 웃음을 참았다.

"미국 대사관의 일 때문에 많이 곤란한 건 아니세요?"

"곤란합니다."

라노크는 부인하지 않았다.

"영국과 미국의 정보전에 러시아까지 얽혀 있습니다. 국제 정세가 춤을 추는 미친 여자처럼 어디로 튈지 모르는 상황입니다."

뜻밖의 이야기라 강찬은 듣기만 했다.

"이왕 시작한 일이니까 마무리를 잘해야 합니다. 후환을 남겨 두면 곤란하지요. 허하수 국회의장과 허상수 의원을 해결하는 것이 좋습니다. 그들은 반드시 강찬 씨를 노릴 겁니다."

한국의 상황을 강찬 이상으로 잘 아는 라노크다. 강찬은 이참에 조언을 구하기로 했다.

"대사님, 일본에서 진행하는 해저터널을 막을 방법이 있을까요?"

루이가 종이컵에 커피를 가져와서 잠시 말이 끊겼다.

"양진우의 집에서 일본 요원들의 시체와 총기가 나와서 잠시 주춤하긴 하겠지만, 국회와 야당에서 정치 공작이라고 주장할 확률이 높습니다. 한국 정부가 아직 해저터널을 승인하지 않았으니 시간은 있습니다. 이럴 때 허상수가 국가 기밀을 팔아넘기는 것까지 밝혀지면 일이 쉬워집니다."
"결국, 그 둘을 잡아야 하는 거군요?"
"그렇지요."
라노크가 종이컵에 입만 대는 것처럼 커피를 마셨다.
"쉽지 않은 싸움이 될 겁니다."
"그렇겠지요."
라노크가 종이컵을 한쪽에 내려놓을 때였다.
강찬은 문득 담배가 하나 피우고 싶어졌다.
"루이? 담배 있어?"
라노크와 루이가 놀라는 얼굴을 했다.
"괜찮습니다. 이 병원에서는 허락받았거든요. 그래서 악착같이 이리로 온 겁니다."
"그래서 병실에 공기 정화기가 저렇게 여러 대 설치되었던 것이군요."
라노크가 고개를 끄덕이자 루이가 담배와 라이터를 강찬의 앞에 놓아주었다.
"대사님!"
시가를 가져오지 않았을 거라 강찬이 담배를 권했고, 라노크가 받아 들었다. 가느다랗고, 기다란 손가락에 담배가 꽂히자 담배가 짧아 보였다.

찰칵.

둘이서 담배에 불을 붙였다.

"강찬 씨."

"예."

연기를 뿜으며 담배를 들여다보던 라노크가 시선을 들었다.

"프랑스로 귀화합시다."

전에도 했던 권유다. 그러나 병실에서 이렇게 진지하게 꺼낼 정도로 급한 이야기는 아니어서 강찬은 물끄러미 바라보기만 했다.

구렁이에게 그럴 만한 이유가 있는 거다.

"한국 정부는 강찬 씨를 지켜 주지 못할 수도 있습니다. 강찬 씨를 버린다는 뜻이 아니라 아직 정보전에서 열세이고, 상황이 복잡하게 얽히고 있습니다."

생으로 타는 담배 연기를 무시한 채로 라노크는 말을 이었다.

"본국의 정보국과 정보총국이 사활을 걸고 매달려야 할지 모를 일입니다. 내가 아무리 영향력을 행사한다고 해도 강찬 씨를 위해 본국의 모든 것을 동원하기는 어렵습니다. 일단 프랑스 국적을 취득합시다. 그래야 대외적으로 내가 강찬 씨의 후견인이라고 말할 수 있습니다."

뭔가 확실히 있는 거다.

"대사님, 무슨 일 때문인지 말씀해 주시면 차라리 나을 것 같습니다."

"아직 밝혀지지 않았고, 거짓 정보를 뿌린 것인지 몰라서 진위를 파악하는 중입니다. 터무니없을 만큼 황당한 정보인데 그렇다고 하더라도 영국과 미국, 그리고 러시아의 움직임이 예사롭지 않습니다. 정보전은 소문에 일어나서 죽어야 끝나는 싸움일 때가 많으니 시간이 조금 필요합니다."

구렁이가 말을 돌렸다. 그 정도로 민감한 문제라는 의미로 받아들여졌다.

"우선 몸을 먼저 회복합시다. 그동안 내가 좀 더 정확한 정보를 확인해서 강찬 씨에게 알려 드리도록 하겠습니다. 그리고 당분간은 루이가 인솔하는 요원들이 병원 외곽에 상주할 겁니다. 물론 한국의 요원들과 겹치는 일은 없을 테니 염려하지 않아도 됩니다."

강찬은 고개를 갸웃하며 다 피운 담배를 종이컵에 담았다. 구렁이가 궁금해한다고 입을 열 것도 아니어서 지금은 그저 이렇게 넘어가는 것이 맞다.

하지만 한 가지는 분명했다.

프랑스 요원들까지 동원해서 경계를 세울 만큼 중요한 일이 있다는 거.

"강찬 씨, 그럼 또 연락하겠습니다."

라노크가 일어나서 병실을 나가자 강찬은 창밖을 바라보

며 한숨을 내쉬었다.

뭔가가 꼬이는 느낌이다.

좀 평범하고 편안하게 살고 싶은데 그렇지 못하다.

죽일 새끼들을 싹 죽여야 그렇게 되는 건가?

드르륵.

그때, 병실 문이 열리며 석강호가 들어섰다.

"라노크요?"

"어떻게 알았냐?"

"병실 문 앞에 프랑스 놈 둘이 떡 버티고 섰었소."

강찬은 고개를 끄덕였다. 그리고 라노크가 했던 말들을 그대로 들려주었다.

"거 이왕 말할 거면 확 털어놓든가 하지 사람이 좀스러운 데가 있네."

이 새낀 절대 정보 파트에서 일할 놈은 아니다.

둘이 담배를 하나 나눠 피웠다.

석강호도 그렇고 강찬도 그렇고. 상반신 전체를 붕대로 감다시피 했는데, 특히나 강찬의 왼손은 아예 권투 글러브를 낀 것처럼 커다랗게 붕대가 감겨 있었다.

"집에다는 뭐라고 할 참이오?"

"글쎄, 잠깐씩 생각하고는 있는데 잘 모르겠다."

강찬은 겁에 질려 있던 유혜숙의 얼굴이 떠올랐다.

"너는 뭐라고 할 거냐?"

"나야 뭐, 통장에 들어 있던 돈 중에서 한 5천만 원 꺼내서 수당이라고 건네줄 참이오. 유비캅에서 부탁받은 일 하다가 다쳤다고 둘러댈까 했소."

"나쁘지 않겠다."

"그나저나 승합차에 놔뒀던 전화기를 누가 가져다줘야 하는데……."

드르륵.

석강호가 채 말을 마치기 전에 병실 문이 열렸다.

요원들이 분명한 남자 넷이 병실 안쪽에 붙어 서고 그 뒤로 날카로운 눈매의 사내가 들어섰다.

오십 후반쯤? 살이 약간 붙은 몸에 인상은 좋아 보였는데 그래서 그런지 눈빛이 더욱 강하게 느껴졌다.

"강찬 씨?"

"예."

"그렇다면 이분이 석강호 선생이시겠군요."

"그렇습니다."

석강호가 미심쩍은 표정으로 답을 한 직후였다.

"국가정보원장 황기현입니다. 일찍 만났어야 했는데 외부에 모습을 드러내는 것을 조심하다 보니 이제야 왔습니다."

황기현이 사람 좋은 표정으로 인사를 마칠 때 요원 한 명이 의자를 뒤에 놓아주었다.

"커피를 좀 가져왔는데 드시겠습니까?"

다른 요원 하나가 커피 전문점에서 사 온 것이 분명한 일회용 컵 3개를 앞으로 가져왔다.

이 양반도 병문안치고는 특이한 걸 들고 왔다.

"듭시다. 괜찮으니까 담배를 피워도 됩니다."

"조금 전에 피웠습니다."

황기현은 고개를 끄덕이며 커피를 입에 가져갔다.

"전 실장은 내일이 고비랍니다. 제가 가서 귀에 대고 약 올려 놨으니 반드시 살아날 겁니다."

옆집 아저씨 같은 말투와 표정이 사람을 푸근하게 만들었다.

"뭐라고 하셨는데요?"

"이대로 죽으면 특수부대를 해체해 버리겠다고 했습니다. 대신 국가정보원에 특수팀을 새로 신설하겠다고 했지요."

강찬과 석강호가 풀썩 웃음을 터트렸다. 실제로 전대극이 벌떡 일어날 것만 같아서였다.

"양진우의 건물 지하에서 다수의 무기가 더 발견되었습니다. 오늘 밤에 합동수사본부 명의로 발표가 있을 거라서 이번 일은 이렇게 마무리 지을 생각입니다."

강찬의 표정을 살핀 황기현이 다시 입을 열었다.

"강찬 씨, 유라시아 철도의 한국 설립위원장으로 강찬 씨를 임명할 생각입니다. 대통령께서 이미 재가를 하셨기 때문에 이변이 없는 한 문제는 없습니다. 지금까지 있었던 직책이 아니어서 국회 동의도 필요 없습니다."

병실에 찾아온 사람마다 뜻밖의 이야기를 꺼낸다. 게다가 직책을 맡는 건 원하는 바도 아니다.

강찬이 입술을 오므리는 것을 본 황기현이 각오한 듯 입을 열었다.

"차관급 대우 이상을 하려면 국회 동의가 필요합니다. 외부적으로 처우는 차관급으로 하고, 국정원 부원장의 직급에 준하는 명령권을 드리겠습니다. 특수 임무라 제게 보고할 필요 없고, 1년 예산 천억, 예비비 무제한, 동원할 수 있는 직원 수 역시 무제한입니다."

"잠시만요, 원장님. 전 그걸 맡을 마음이 없습니다."

황기현은 고개를 끄덕였다.

"강찬 씨라면 분명 거부할 거라고 김 팀장이 그러더군요. 아직 시간이 있으니 천천히 생각하고 결정했으면 싶습니다."

쉽게 물러날 사람은 아니어서 강찬은 인상을 찌푸렸다.

정보전이 오묘한 맛은 있어도 그곳에 끼어들고 싶은 마음은 없어서 황기현의 제안이 그리 달갑지만은 않았다.

8권에 계속

www.mayabooks.co.kr

www.mayabooks.co.kr